Norbert Golluch und Elis

GAME OVER

30 Weltuntergangs-Szenarien

arsEdition

INHALT

1 DIE LUST AM UNTERGANG ODER KOMMT ES WIRKLICH SO?

Unsere Welt wird ein Ende finden, daran glauben alle. Und nicht erst seit viele Wissenschaftler der Meinung sind, dass der ganze Kosmos in unvorstellbar ferner Zukunft nicht mehr existieren wird. Bereits in der Frühzeit meinten unsere Vorfahren zu wissen: Irgendwann ist Schluss – Weltuntergang.

Warum existiert die Welt in den Vorstellungen der Menschen nicht einfach immer so weiter? Vielleicht übertrugen bereits unsere Ahnen das Wissen um die eigene Sterblichkeit auf das große Ganze, das sie umgab. Pflanzen sterben, Tiere sterben, Menschen sterben – warum sollte unsere Welt also eine Ausnahme machen? Seit es Menschen gibt, existiert die Vorstellung vom Weltuntergang – und dieses Buch mischt dabei kräftig mit. Es ist sozusagen ein Katalog kleiner und großer, begrenzter, großräumiger und endgültiger Katastrophen. Denn dieses Buch schildert mögliche Endzeitszenarien, die Menschen eines Landes oder eines Kontinents betreffen würden, aber auch gigantische Desaster, die gleich die ganze Erde, das Sonnensystem oder sogar das ganze Universum zunichtemachen können.

2 HAUSGEMACHTE KATASTROPHEN

Über Jahrtausende haben die Menschen wie die Tiere gelebt. Nein, nicht wild und nur ihren Trieben und Instinkten gehorchend (das auch), sondern vor allem im Einklang mit der Natur. Je weiter sich unsere Zivilisation entwickelte, desto mehr wurden die Menschen zum Schädling für die natürlichen Verhältnisse. Sie veränderten durch ihre Lebensweise, durch ihre Art, sich Nahrung zu beschaffen, und ihr Verhalten die Lebensweise und Verbreitung von Pflanzen und Tieren. Sie trieben Ackerbau und hielten Haustiere, manipulierten dadurch natürliche Landschaften und Lebensverhältnisse – die Natur musste sich anpassen. Doch die Menschheit machte nicht halt, wo es sinnvoll gewesen wäre. Die einzige Art Lebewesen auf dem Planeten Erde, die sich in vollem Bewusstsein selbst zerstören und dabei auch noch zuschauen kann, ist der Mensch.

Es könnten die Verhältnisse im Zusammenleben der Menschen, die furchtbaren Waffen oder die technischen und gentechnischen Errungenschaften der Menschheit sein, die ihr letztlich den Garaus machen. Was viele von uns für den ganz großen Fortschritt halten, könnte sich am Ende als die schlimmste Bedrohung für uns selbst herausstellen.

DIE KATASTROPHE: ANARCHIE – DAS ÜBERLEBEN DES STÄRKEREN

Das altgriechische Wort »anarchia« bedeutet Herrschaftslosigkeit. Jeder kann machen, was er will. Eine traumhafte Vorstellung: Da ist niemand mehr, der dir sagt, was du zu tun und zu lassen hast. Allerdings ergeben sich daraus auch Probleme: Wer entscheidet, wer im Recht ist, wenn sich zwei Leute in die Quere kommen? Gewinnt immer der Stärkere? Oder der Schlauere? Glaubst du, dass du zum Beispiel bereit bist, um deine Lebensmittel zu kämpfen – vielleicht auf Leben und Tod?

Wer ist in Gefahr?
Jeder Einzelne. Und zugleich alle. Und vor allem das friedliche Zusammenleben der Menschen.

Fakten: Immer wenn Chaos herrscht, geht es los …

Ob es sich um ein Erdbeben oder Unruhen aus politischen Gründen handelt: Wenn die Polizei oder andere Ordnungskräfte nicht mehr verfügbar sind oder anderes zu tun haben, werden aus zivilisierten Menschen wieder gefährliche Wilde. Supermärkte werden geplündert, Überfälle und Einbrüche in Wohnungen kommen vermehrt vor, weil Kriminelle nun jede Gelegenheit nutzen. Hinzu kommen Rachegelüste – chaotische Verhältnisse sind bestens dazu geeignet, einem Feind eins auszuwischen.

FACTS

Nach dem Hurrikan Katrina 2005 waren Tausende US-Bürger ohne Trinkwasser, Nahrung oder ein Dach über dem Kopf. Sie halfen sich selbst und plünderten Supermärkte, um an die notwendigen Dinge zu kommen. Es herrschten beinahe anarchische Zustände.

Die Bedrohung: keine – solange alles geordnet zugeht

Solange die gesellschaftlichen Grundsätze und Gesetze gelten, verläuft alles in geregelten Bahnen. Wenn besondere Ereignisse eintreten, geraten wir in Gefahr, zu Opfern, aber auch zu Tätern zu werden. Jeder von uns ist in ungewöhnlichen Situationen zu allem fähig, sagen Wissenschaftler.

Grad der Gefährdung: hoch

Die persönliche Sicherheit ist in einer unübersichtlichen Lage nicht mehr gewährleistet. Anders gesagt: Es geht um Leben und Tod. Und wer möchte in einer Welt leben, in der er sich ständig fürchten muss?

Die Wahrscheinlichkeit: mancherorts bereits eingetreten

Naturkatastrophen und andere ungeordnete Zustände bringen bei manchen Menschen die besten Seiten zum Vorschein: Hilfsbereitschaft, ja Aufopferung, sogar Edelmut. Bei anderen sind es leider die schlechten Eigenschaften: Rücksichtslosigkeit, Habgier und Herrschsucht.

Vorhersehbarkeit: hoch

In Notlagen kann es jederzeit zu Anarchie kommen. Deshalb werden in allen Katastrophenplänen der Polizei, der Armee und der Rettungskräfte entsprechende Gegenmaßnahmen vorgesehen. Ob sie dann allerdings durchgeführt werden können, hängt von der Situation ab. Steht die Hilfe für Verletzte und Obdachlose im Vordergrund, muss die Bekämpfung von Anarchie und Vandalismus warten (der Begriff Vandalismus leitet sich übrigens von den Vandalen her; das war ein Volksstamm, der im 5./6. Jahrhundert Nordafrika und Spanien verwüstet haben soll).

Schutz, Gegenmaßnahmen, Fluchtmöglichkeiten: einige

Es kann nie schaden, einen gewissen Vorrat an haltbaren Lebensmitteln im Haus zu haben. Wenn das Chaos eintritt, kann die Haustür geschlossen bleiben. Falls es noch ein Haus gibt …

Die Folgen für Menschen und Natur: Unsicherheit

Einmal abgesehen von den Gefahren für die Gesundheit und den materiellen Einbußen: Menschen, die Tage der Gesetzlosigkeit erlebt haben, brauchen lange, bis sie ihre alltägliche Unbefangenheit zurückgewinnen und wieder ohne Angst in die Öffentlichkeit gehen können. Die Natur – Pflanzen und Tiere – dürfte nicht in Gefahr sein. Dort herrscht ja immer das Recht des Stärkeren.

Ein Augenzeugenbericht

Gerda Z. (52): »Erst die Überschwemmung und jetzt plündert ein Haufen Verrückter den Supermarkt! Zustände sind das!«

DIE KATASTROPHE: ATOMKRIEG

Reaktorunfälle wie in Tschernobyl und Fukushima führten zu atomaren Katastrophen von horrendem Ausmaß. Radioaktivität verseuchte weite Landstriche und machte sie unbewohnbar. Allerdings schweben wir alle in noch viel größerer Gefahr, Opfer eines nuklearen Vorfalls zu werden: Atomwaffen würden wesentlich mehr zerstören als explodierende Kernreaktoren.

Wer ist in Gefahr?
Die Bewohner ganzer Kontinente, große Teile der Weltbevölkerung. Nur wenige würden überleben.

Fakten: Die Gefahr ist da.
Viele Nationen besitzen atomare Waffen, aber nicht alle von ihnen haben berechenbare Regierungen.

Grad der Gefährdung: puff und weg …

Vom genauen Hergang einer Atomexplosion würden die Menschen in unmittelbarer Nähe nichts mitbekommen: Der Explosionsdruck und die nachfolgende Hitzewelle töten jeden im näheren Umkreis in Sekundenbruchteilen. Nicht einmal den Atompilz würden die Opfer mehr sehen. Wer weiter weg vom Mittelpunkt des Geschehens ist, muss damit rechnen, verstrahlt und verbrannt zu werden und in den kommenden Tagen an der Strahlenkrankheit und seinen Verbrennungen dahinzusiechen. Rasche Hilfe für Verletzte würde ausbleiben, die Notversorgung weitgehend zusammenbrechen, unter anderem auch deshalb, weil explodierende Atomwaffen einen elektromagnetischen Puls (EMP) aussenden, starke Magnetwellen, die alle elektronischen Geräte zerstören. Die Folge: Moderne Autos – also auch Krankenwagen – könnten nicht mehr fahren und es gäbe keine Funkverbindung für Rettungskräfte. Außerdem droht eine weitere, langfristige Gefahr: der nukleare Winter. Bei einem Atomkrieg würde es vermutlich nicht bei einer Bombe bleiben. Mit jeder von möglicherweise Hunderten Atombombenexplosionen würden riesige Mengen Staub in die Atmosphäre hochgeschleudert. Der Himmel verdunkelte sich, es würde kalt, weil das Sonnenlicht die Erdoberfläche nicht mehr erreichen könnte. Dieser Zustand würde über viele Monate, vielleicht über Jahre andauern. Der Regen oder Schnee, der dann auf der ganzen Erde vom Himmel fiele, wäre schwarz und würde radioaktiv strahlen.

Die Wahrscheinlichkeit: Verstandesfrage!

Eigentlich kann man nicht sagen, wie wahrscheinlich ein Atomkrieg ist. Die Möglichkeiten sind da, und es hängt nur von einigen wenigen Köpfen ab, ob er passiert oder nicht. Es ist aber wenig sinnvoll, einen Feind mit Atomraketen oder Bomben anzugreifen: Denn wer als Erster den Knopf drückt, stirbt als Zweiter. Der Feind würde den Angriff nämlich über seinen Radarschirm oder die Satellitenüberwachung bemerken und mit gleichen Mitteln zurückschlagen. Merkst du was? Letztendlich hätten beide verloren und alles läge in Schutt und Asche … Deshalb spricht man auch vom Gleichgewicht des Schreckens – Feinde greifen einander nicht mit Atomwaffen an, weil sie ihre eigene Auslöschung befürchten müssen. Leider gibt es Staatsoberhäupter, bei denen man sich nicht sicher sein kann, ob sie verantwortungsbewusst und vernünftig handeln. Manchen ist es vielleicht sogar egal, ob sie selbst angegriffen werden, wenn sie eine Atomrakete abfeuern.

Vorhersehbarkeit: Nachrichten verfolgen!

Es kommt ganz darauf an, wie die mächtigen Leute miteinander klarkommen. Je größer der Konflikt, desto größer die Gefahr. Damit Nationen Atomraketen aufeinander abschießen, muss politisch aber schon so einiges schieflaufen …

Schutz, Gegenmaßnahmen, Fluchtmöglichkeiten: Bleiwesten?

Blei hält Strahlung ab. Das lernt man spätestens, wenn man einmal beim Arzt geröntgt wird und dabei einen Bleikittel tragen muss. Aber bei einer so großen Strahlendosis kann Schutzkleidung aus Blei auch nicht mehr helfen. Vielleicht wäre es möglich, in Bunkern tief unter der Erde zu überleben. Zunächst könnte man die Vorräte im Bunker aufbrauchen. Später allerdings müsste man sich anders versorgen. Es könnte allerdings sein, dass dort, wo die Bomben eingeschlagen sind, rein gar nichts mehr wächst …

Die Folgen für Menschen und Natur: Kakerlaken übernehmen die Weltherrschaft.

Es dürfte zu den schrecklichsten Erlebnissen gehören, nach einem Atomkrieg den Bunker zu verlassen. Abgesehen von der Strahlung: Überall würde man auf Tote, Verletzte und Strahlenkranke treffen. Vermutlich würde die öffentliche Ordnung zusammenbrechen und es könnte einen Kampf jeder gegen jeden geben – ganz wie in der Steinzeit. Bestimmte Lebewesen allerdings würden von den Fehlern der Menschen profitieren: Wie auch andere Insekten können Kakerlaken das ganze Spektakel aus Hitze und Strahlung lebend überstehen – nicht im Zentrum der Explosion, aber doch in einiger Entfernung. Vielleicht bauen sie dann eine neue Zivilisation auf und errichten kleine Städte, erfinden kleine Maschinen und entdecken irgendwann kleine Atombomben. Aber hoffentlich machen sie's besser als wir und denken gar nicht erst daran, Waffen zu bauen.

FACTS

»Little Boy«, die erste in einer kriegerischen Auseinandersetzung gezündete Atombombe, zerstörte die japanische Stadt Hiroshima nahezu vollständig. Sie hatte eine Sprengkraft von 13 000 000 Kilogramm des herkömmlichen Sprengstoffs TNT und tötete durch ihre Explosion etwa 90 000 Menschen sofort.

DIE KATASTROPHE:
DAS ENDE DURCH GIFTSTOFFE

Wir haben Angst vor Krieg, Meteoriten oder Vulkanausbrüchen. Dabei sind wir bereits von vielen unmittelbaren Bedrohungen umgeben, die quasi unsichtbar sind. Was, wenn die Dinge, mit denen du täglich umgehst, dich krank machen, weil sie Gift enthalten?

Wer ist in Gefahr?
Wir alle. Es trifft zwar nicht jede oder jeden, aber es kann jede oder jeden treffen.

Fakten: Wir nehmen jeden Tag Chemikalien zu uns.

Darunter sind vor allem auch solche Stoffe, die in der Natur nicht vorkamen, bis Menschen sie geschaffen haben. Über ihre kurzfristige Wirkung wissen wir vieles, über die langfristigen Folgen ihres Gebrauchs so gut wie nichts.

Die Bedrohung: schleichende Vergiftung

Weichmacher aus Plastikprodukten sind Stoffe, die Plastik elastisch und beweglich machen. Sie haben Auswirkungen auf das menschliche Hormonsystem. In vielen Ländern sind sie in Produkten für Kleinkinder schon verboten. Andere Stoffe, die zum Beispiel in Waschmitteln enthalten sind, wirken wie Hormone. Auch die Abfälle von Medikamenten, die ins Abwasser gelangen, vergiften die Natur.

Grad der Gefährdung: sehr hoch

Es ist einfach anstrengend, einen ganzen Kasten Mineralwasser in Glasflaschen in den vierten Stock zu schleppen. Wie angenehm leicht sind dagegen Plastikflaschen! Das kleine bisschen Weichmacher im Wasser wird uns schon nicht schaden … Geben wir uns keinen Illusionen hin: Die Gefahr durch hormonähnliche Stoffe ist bekannt, es gibt aber noch zahllose weitere Substanzen, von denen wir nicht wissen, wie sie auf lange Sicht wirken.

Die Wahrscheinlichkeit: Erste Fälle sind bereits eingetreten.

In vielen Flüssen leben zum Beispiel nur noch weibliche Fische, weil das Wasser hohe Konzentrationen von Hormonen enthält, die unter anderem aus Antibabypillen stammen. Unter ihrer Einwirkung verweiblichen auch männliche Fische. Irgendwann ist die Art gefährdet, weil es keinen ausreichenden Nachwuchs mehr gibt. Aber das ist nur eine von vielen möglichen Folgen, die uns durch Produkte der Chemieindustrie drohen können.

Vorhersehbarkeit: Hoch – eigentlich war es schon immer bekannt.

Jedes Jahr werden 800 000 neue chemische Substanzen in den Labors der Welt synthetisiert, die Industrie liefert etwa 77 000 Chemikalien, und viele Hunderte kommen jedes Jahr in Waren oder Medikamenten neu auf den Markt. Zwar gibt es Zulassungsbestimmungen und Prüfverfahren, aber die Zeit, die Wirkung über Jahrzehnte zu testen, nimmt sich niemand. Schließlich will die chemische Industrie verkaufen.

Schutz, Gegenmaßnahmen, Fluchtmöglichkeiten: gering

Im eigenen Umfeld kann man bestimmte Substanzen vermeiden: Wer weniger Plastikflaschen verwendet, nimmt weniger Weichmacher zu sich. Insgesamt aber sieht es schlecht aus: Allein die Nahrungsmittelindustrie darf bei der Verarbeitung von Lebensmitteln 10 000 unterschiedliche chemische Lösungsmittel, Weichmacher und Konservierungsmittel einsetzen. In unserer Nahrung können über 3000 chemische Zusätze enthalten sein, die ihren Geruch, ihren Geschmack und die Haltbarkeit verändern. Selbst wer seine Lebensmittel im eigenen Garten anbaut, macht über Luft, Wasser und Erdboden mit zahlreichen dieser Substanzen Bekanntschaft. Jeder von uns nimmt im Laufe seines Lebens über Essen, Medikamente, Kosmetika und ganz alltägliche Gebrauchsgegenstände etliche der folgenden Stoffe zu sich: Pestizide, Insektizide, Holzschutzmittel, Lösungsmittel und Schwermetalle.

Die Folgen für Menschen und Natur: Wir wissen es noch nicht genau.

Tatsache ist, dass die Fruchtbarkeit der männlichen Spermien in den Industrieländern in den letzten Jahrzehnten drastisch abgenommen hat. Die Folge: Vielen Paaren, die Kinder bekommen wollen, gelingt dies nicht. Ebenfalls wissenschaftlich bewiesen: Die Zahl der Allergien und Allergiker nimmt dramatisch zu. Auch den Anstieg von Krebserkrankungen führen manche Wissenschaftler auf die immer größere Zahl neuartiger und eigentlich unerforschter Chemikalien zurück.

FACTS

In einer Studie haben Biologen der Frankfurter Universität hohe Hormonwerte in Wasser aus Plastikflaschen festgestellt. In manchen Flaschen befanden sich bis zu 75 Nanogramm hormonähnlicher Stoffe pro Liter – viel zu viel.

DIE KATASTROPHE:
DAS ENDE DER OZONSCHICHT

Wir hören es doch immer wieder: Wir fahren zu viel Auto, verpesten die Luft, und all die Abgase machen die Ozonschicht kaputt. So richtig glauben wir wohl nicht daran, aber was, wenn es wirklich passiert?

Wer ist in Gefahr?
Die gesamte Natur dieses Planeten könnte sich auf nicht vorhersehbare Weise verändern.

Fakten: Die Ozonschicht der Erde wird lückenhafter.
In der Stratosphäre – hoch in der Lufthülle der Erde, zwischen 10 und 17 Kilometern über dem Erdboden – entsteht aus dem Sauerstoff der Luft durch die Sonneneinstrahlung das Gas Ozon. Es hat eine wichtige Aufgabe, denn es schützt das Leben auf der Erdoberfläche vor den Auswirkungen harter kosmischer Strahlung. Durch

Der Live-Kommentar:
Tina Schmitz (32), Mutter:
»Wie die Sonne heute wieder sticht! Timo, vergiss bloß die Sonnencreme nicht!«

verschiedene Gase, die von der chemischen Industrie hergestellt werden oder die bei technischen Prozessen anfallen, wird das wertvolle Ozon zerstört. Die Ozonhülle kann ihre Schutzfunktion nicht mehr leisten. Besonders die früher in Sprühdosen und Kühlschränken verwendeten Fluorchlorkohlenwasserstoffe (FCKW) schädigten die Ozonschicht stark, aber auch andere Gase wie Methan, das zum Beispiel bei der Verdauung im Körper von Rindern entsteht. Ein großer industriell ausgerichteter Kuhstall ist heute für die Ozonschicht ebenso gefährlich wie früher die vielen Sprühdosen.

Die Bedrohung: Harte Strahlung verändert unsere Erbanlagen …

… und verursacht eine Zunahme von Hautkrebs und Augenkrankheiten. Die Gene der Menschen und aller Lebewesen auf der Erde werden durch die Strahlung verändert, es kommt zu Mutationen – Veränderungen des Erbguts –, die schlimme Folgen haben können.

Grad der Gefährdung: hoch

Besonders in den langen Polarnächten an den Polen der Erde wirken sich schädigende Gase auf das Ozon in der Stratosphäre aus: Dort entstehen sogenannte Ozonlöcher. Aber auch in der Atmosphäre rund um den Äquator nimmt die Ozonkonzentration ab.

Die Wahrscheinlichkeit: bereits eingetreten

An der Südspitze Südamerikas zum Beispiel erblinden Tiere, weil sie zu lange der starken UV-Strahlung der Sonne ausgesetzt sind. Die geringen Ozonmengen in der Stratosphäre reichen nicht mehr aus, um sie davor zu schützen.

Vorhersehbarkeit: Wir kennen die Gefahr schon lange …

… tun aber zu wenig dagegen. Immerhin ist die Benutzung von ozonschädigenden FCKW mittlerweile in vielen Ländern verboten. Andere aufsteigende Gase gefährden aber die Ozonschicht noch immer.

Schutz, Gegenmaßnahmen, Fluchtmöglichkeiten: Schutzkleidung

Gegen die stärkere UV-Strahlung der Sonne können wir uns mit geeigneter Kleidung schützen. Sonnenbäder aber werden immer gefährlicher. Wer sich zusätzlich noch künstlicher UV-Strahlung aussetzt, zum Beispiel auf einer Sonnenbank, erhöht das Risiko von

Hauterkrankungen. Tatsächliche Verbesserungen lassen sich nur erreichen, wenn der Ausstoß an Gasen reduziert wird, die die Ozonschicht zerstören. Wenn wir alle weniger Steaks essen würden und deshalb die Zahl der Rinder gesenkt werden könnte, wäre schon viel gewonnen.

Die Folgen für Menschen und Natur: mehr Erkrankungen und veränderte Arten

Die Menschen bekommen noch häufiger Hautkrebs. Melanome, das ist schwarzer Hautkrebs, sind bereits heute weltweit auf dem Vormarsch. Die UV-Strahlung der Sonne und die harte Strahlung aus dem Weltall waren aber schon immer ein Hauptgrund für Mutationen im Erbgut aller Pflanzen- und Tierarten auf der Erde. Sie haben dazu geführt, dass sich die Arten verändert haben – über Jahrmillionen überlebten solche Arten, deren Mutationen sich als Fortschritt herausgestellt hatten. Andere starben aus. Mehr harte Strahlung aus dem All würde diesen Vorgang beschleunigen.

FACTS

Noch ist der Ozonabbau nicht zum Stillstand gekommen. Wissenschaftler rechnen erst ab dem Jahr 2050 mit einer messbaren Stabilisierung der Ozonschicht.

DIE KATASTROPHE: BÖSE FOLGEN DER GENMANIPULATION

Bei dem Begriff Genmanipulation denken wir an perfekte Babys oder an die Heilung von schlimmen Krankheiten, aber auch an Supermais und Turboschweine. Hoffen wir, dass die Wissenschaft vorsichtig mit ihren Möglichkeiten umgeht, denn wer große Macht besitzt, trägt auch eine große Verantwortung …

Wer ist in Gefahr?

Jeder Einzelne von uns und wir alle zusammen.

Fakten: Wissenschaftler arbeiten an zahlreichen Lebensformen …

… die überall auf der Erde vorkommen. Durch Veränderungen im Erbgut wollen sie alle Lebewesen für die Menschen besser nutzbar machen.

Der Live-Kommentar:
Lea (12), im Supermarkt: »Mama, spinnst du? Hier auf dem Joghurt steht doch: unter Verwendung genmanipulierter Milch hergestellt. So einen Mist kauft man doch nicht!«

Die Bedrohung: Wenn etwas schiefgeht ...

... kann es schlimm kommen. Denkbar wäre folgender Fall: Ein Wissenschaftlerteam will mithilfe der Genmanipulation aus einer ganz gewöhnlichen, verbreiteten Meeresalge eine neue Art herstellen, die statt Sauerstoff das brennbare Gas Wasserstoff abgibt, wenn sie vom Sonnenlicht beschienen wird. So eine neue Algenart wäre eine wunderbare Kraftquelle für die energiehungrige Welt. Aber dann läuft das Experiment aus dem Ruder. Irgendwie gelangt die genmanipulierte Alge aus einem Labor oder aus einer Produktionsanlage der Industrie in die Umwelt und über das Wasser eines Flusses ins Meer. Dort stellt sich heraus, dass diese neue, Wasserstoff produzierende Algenart aus irgendeinem Grund weit überlebensfähiger ist als die natürliche Sauerstoff-Alge. Algen haben unsere Atmosphäre in der Erdgeschichte mit Sauerstoff angereichert und unser Leben erst möglich gemacht – nun könnten Algen auch für das Ende der Menschheit sorgen.

Grad der Gefährdung: gigantisch

Sollte das Horrorszenario tatsächlich eintreten, steht es schlecht um die Welt. Mit der Zeit würde sich die Wasserstoff-Alge weltweit ausbreiten, der Wasserstoffanteil in der höheren Atmosphäre würde stark steigen. Eine Atmosphäre aus Wasserstoff und Sauerstoff wäre aber ab einer gewissen Konzentration hochexplosiv. Schon ein Funke könnte zu einer gewaltigen Detonation führen. Nicht vorstellbar? Klar, ein reines Hirngespinst. Aber wer weiß schon, was alles geschehen kann?

Die Wahrscheinlichkeit: Wir wissen es nicht.

Katastrophale Folgen kommen oft überraschend. Ihre Gefahr besteht ja gerade darin, dass sie niemand voraussehen kann. Und die Katastrophe durch Gentechnik muss nicht so ablaufen, wie

FACTS

Seit 2004 müssen alle Produkte, die genmanipulierte Substanzen enthalten, auf der Verpackung gekennzeichnet werden. Bisher lehnt die große Mehrzahl der Verbraucher in Deutschland solche Produkte ab.

oben geschildert. Es können auch ganz andere Probleme auftreten. Jede neue, durch Genmanipulation veränderte Art stellt ein Risiko für das natürliche Gleichgewicht dar, sie kann kleine, aber auch riesengroße Gefahren bergen.

Vorhersehbarkeit: Wer es sehen will, sieht es.

Viele Menschen und auch viele Wissenschaftler verschließen ihre Augen vor den Gefahren der Genmanipulation. Schließlich geht es um viel Geld. Konzerne können eine genmanipulierte Getreidesorte als weltweit patentiertes Markenprodukt teuer verkaufen. Bauern haben plötzlich sichere Erträge, Hausfrauen oder -männer freuen sich, wenn die Tomaten länger halten als bisher. Da wird man den Gefahren gegenüber leicht blind.

Schutz, Gegenmaßnahmen, Fluchtmöglichkeiten: Viele Menschen erreichen viel.

Jeder kann etwas dagegen tun: einfach keine Produkte kaufen, die irgendetwas mit Genmanipulation zu tun haben. Und nur solche Politiker wählen, die sich klar von der Genmanipulation distanzieren.

Die Folgen für Menschen und Natur: nicht abzusehen

Jeder gläubige Mensch müsste sich eigentlich gegen die Veränderungen an der göttlichen Schöpfung wehren. Aber auch der gesunde Menschenverstand fragt sich: Wie können wir mit Genmanipulation in eine Natur eingreifen, deren komplizierte Zusammenhänge wir noch nicht einmal im Ansatz richtig begriffen haben?

DIE KATASTROPHE: GLOBALE ERWÄRMUNG

Solange wir noch keine Palmen vor der Haustür haben, hältst du die Erderwärmung für ein Gerücht? Vielleicht solltest du diese Einstellung noch einmal überdenken, denn die Fakten sehen ganz anders aus …

Wer ist in Gefahr?
Jeder. Manche Menschen an bestimmten Orten der Erde sind allerdings besonders gefährdet.

Fakten: Die Durchschnittstemperatur auf der Erde nimmt zu.
In den letzten 100 Jahren ist die Durchschnittstemperatur der Erdatmosphäre deutlich angestiegen. Forscher streiten sich noch darüber, welcher Anteil der Erwärmung von Menschen verursacht wurde.

Die Bedrohung: Die Klimaerwärmung verändert die Ökosysteme der Erde.
Lebensräume auf der Erde verändern sich, der Meeresspiegel steigt, weil das Eis an den Polen schmilzt. Aus saftig grünen Ebenen werden Wüsten, anderswo versinken ganze Landstriche in Überschwemmungen, weil sich die Niederschläge auf der Erde anders verteilen. Manche Tierarten werden aussterben, Menschen werden ihre Lebensräume verändert finden, es kann zu Hungerkatastrophen kommen, weil nicht mehr ausreichend Lebensmittel angebaut werden können. In manchen Regionen wird es auch an Trinkwasser fehlen.

Grad der Gefährdung: hoch
Vor allem in den armen Ländern der Erde sind Menschen in Gefahr, weil sie sich nicht angemessen vor dem veränderten Klima und den dadurch entstandenen neuen Gegebenheiten schützen können.

Ein Augenzeugenbericht
Frau Helena Kurz (83): »Auf unserer letzten Reise zum Polarkreis im Jahr 1998 haben wir noch sieben Eisbären gesehen! Und jetzt? Keinen einzigen mehr!«

Die Wahrscheinlichkeit: bereits eingetreten
Die Mehrzahl der Forscher glaubt, dass es bereits zur von Menschen gemachten Veränderung des Klimas gekommen ist. Nur wenige streiten es noch ab.

Vorhersehbarkeit: Warnungen gibt es schon lange.
Dass Kohlendioxid ein klimawirksames Gas ist und den sogenannten Treibhauseffekt verursacht, ist seit langer Zeit bekannt. Allerdings wurde von den Verursachern immer abgestritten, dass es einen Zusammenhang zwischen menschlichem Verhalten – der Energieverschwendung – und der Klimaerwärmung geben könnte.

Schutz, Gegenmaßnahmen, Fluchtmöglichkeiten: Energie sparen
Öko-Energie – Wind, Wasser, Erdwärme, Biogas und Solarenergie – verursacht keine Klimaerwärmung. Auch

das Verbrennen von Holz ist klimaneutral. Schließlich hat ein Baum beim Wachsen Kohlendioxid aus der Luft gespeichert, das beim Verbrennen wieder abgegeben wird. Wir müssen lernen, ohne sogenannte fossile Energie – also Kohle, Erdöl und Erdgas – auszukommen. Diese Energieträger, die im Boden lagern, sind vor vielen Millionen Jahren in der Erdgeschichte entstanden und enthalten Kohlendioxid aus dieser Zeit. Wenn wir sie verbrennen, erhöhen wir den Anteil an Kohlendioxid in der Erdatmosphäre und verstärken dadurch die Klimaerwärmung.

Die Folgen für Menschen und Natur: nicht genau vorhersehbar

Was geschehen wird, ist nicht exakt kalkulierbar – viele Arten werden aussterben, weil sie ihren angestammten Lebensraum verlieren, andere werden ihre Lebensweise ändern müssen. Manche Pflanzen und Tiere werden aber von der Klimaerwärmung profitieren und auch dort leben können, wo es früher für sie zu kalt war. Schon heute wandern Tierarten aus warmen Regionen in die bisher kühleren Regionen der Erde ein.

FACTS

Das Umweltbundesamt erwartet bis zum Jahr 2100 einen mittleren globalen Temperaturanstieg zwischen 1,8 °C und 4,0 °C. Das wäre mehr als alle natürlichen Temperaturschwankungen, die während der letzten Jahrhunderte von Wissenschaftlern ermittelt wurden, und ein schnellerer Anstieg der Temperatur als jemals sonst in den letzten zehn Jahrtausenden der Erdgeschichte.

DIE KATASTROPHE: EIN KÜNSTLICHES SCHWARZES LOCH

Ein riesiges Schwarzes Loch, das ganze Planeten verschlingt und Raumschiffe zerstört, das hört sich an wie ein Horrorszenario aus einem Science-Fiction-Film, oder? Aber manche Menschen vermuten, dass wir uns einer solchen Gefahr aussetzen werden, indem wir ein künstliches Schwarzes Loch erzeugen.

Wer ist in Gefahr?
Wenn man den Skeptikern glaubt: wir alle. Wenn man den Wissenschaftlern glaubt: niemand.

Fakten: Der Teilchenbeschleuniger LHC könnte zur Gefahr werden.

Wissenschaftler des Atomforschungszentrums CERN bei Genf in der Schweiz lassen in ihrem Teilchenbeschleuniger LHC (Large Hadron Collider) Protonen mit hoher Geschwindigkeit aufeinanderprallen. Dabei wollen die Forscher eine Situation wie kurz nach dem Urknall vor 13,7 Milliarden Jahren herstellen, um so herauszufinden, wie das Universum und die Materie entstehen konnten. Bei diesem Experiment bilden sich höchstwahrscheinlich mikroskopisch kleine Schwarze Löcher. Kritiker befürchten, dass die sonst nur im fernen Kosmos vorkommende, hochkonzentrierte Materie alles an sich reißen und einsaugen könnte: Zuerst verschluckt so ein Schwarzes Mini-Loch vielleicht nur ein paar Luftteilchen, dann Staub und Pollen, eine Büroklammer, das Handy der Laborleiterin, den Müsliriegel vom Hochenergie-Experten, dann das Labor-Maskottchen, ein Meerschweinchen namens Einstein samt Käfig, das Labor mit dem kompletten Expertenteam, die Computer, die Bibliothek und den Kaffeeautomaten, den ganzen Teilchenbeschleuniger, die Stadt samt Häusern, U-Bahn und Fastfood-Filialen, Berge, Autobahnen, Flüsse, Fabriken, Seen, Deutschland, die Nordsee, Europa, das Mittelmeer, die ganze Erdkruste, die Erde, den Mond und das Sonnensystem und wird größer und immer gieriger …

Die Bedrohung: Durch Schwarze Löcher minimal …

… weil es so überhaupt nicht laufen würde. Wie ein starker Magnet zieht ein Schwarzes Loch ausschließlich Materie in seiner unmittelbaren Nähe an, und wenn es nur klein ist, sind das nur ein paar Atome oder Moleküle. Außerdem existiert es für eine viel zu kurze Zeit, um irgendwie gefährlich zu werden. Es könnten aber auch sogenannte Seltsame Materie oder einpolige Magnete entstehen und die Menschheit in den Abgrund reißen – befürchten zumindest ängstliche Zeitgenossen. Nun ja, wenn man Horrorgeschichten liebt …

Der Live-Kommentar:
Professor Dr. Ernesto Gravitos: »Niedliches schwarzes Ding, das da entstanden ist … ich muss doch mal …« Schwupp!

Grad der Gefährdung: null oder zumindest fast null …

Das mit dem großen Saugen funktioniert so nicht. Wir wissen es nicht genau, aber vielleicht sind wir immer und überall umgeben von zahllosen Mini-»Black Holes«, die entstehen,

FACTS

Der britische Naturforscher John Michell spekulierte schon um das Jahr 1783 darüber, dass es »dunkle Sterne« geben könnte, die Licht gefangen halten und eine sehr hohe Anziehungskraft besitzen.

einen Augenblick lang ein paar Moleküle schlucken und dann – Pling! – wie Seifenblasen platzen.

Die Wahrscheinlichkeit: keine Ahnung …

Es gibt keine wissenschaftlichen Daten darüber, ob überhaupt etwas passiert, wenn ein künstliches Schwarzes Loch auf der Erde entsteht, und wenn ja, was.

Vorhersehbarkeit: Woher sollen wir das wissen?

Bisher kann niemand verlässliche Aussagen darüber machen, wie oft ein solches Ereignis eintreten wird und ob es überhaupt eintritt. Mach dir keine Sorgen.

Schutz, Gegenmaßnahmen, Fluchtmöglichkeiten: Wozu fliehen?

Es passiert doch sowieso nicht. Wenn aber doch: keine Chance.

Die Folgen für Menschen und Natur: keine

Hoffentlich.

DIE KATASTROPHE: RADIOAKTIVITÄT – PLUTONIUM GERÄT IN DIE UMWELT

Es bedarf keines Atomkriegs, um uns durch Radioaktivität ganz schön in die Bredouille zu bringen. Eigentlich reicht es schon, wenn ein paar Leute unachtsam sind – oder einfach ein Unfall, ähnlich wie die Katastrophen in Tschernobyl und Fukushima.

Wer ist in Gefahr?
Wir alle.

Fakten: Auf allen Kontinenten der Erde gibt es viele Tonnen Plutonium.
Plutonium wird zur Herstellung von Bomben und für den Betrieb bestimmter Atomkraftwerke gewonnen oder hergestellt, obwohl es extrem gefährlich ist.

Bedrohung: radioaktive Verseuchung und Vergiftung

Durch einen Produktionsfehler oder einen Unfall, zum Beispiel eine Reaktorkatastrophe, ein Unglück mit einem Atom-U-Boot oder eine abgestürzte Raumstation mit einer Radionuklid-Batterie, könnte fein verteiltes Plutonium in die Umwelt gelangen.

Grad der Gefährdung: Gefahr für die Menschen in einer bestimmten Region

Schon winzige Partikel von Plutonium können, wenn sie eingeatmet werden, mit hoher Wahrscheinlichkeit Lungenkrebs, Leberkrebs oder Knochenkrebs verursachen. Außerdem ist Plutonium giftig und schädigt vor allem die Nieren. Diese Eigenschaft wird jedoch von den Gefahren durch die Radioaktivität um ein Vielfaches übertroffen.

Die Wahrscheinlichkeit: bereits eingetreten

Bei den Reaktorkatastrophen von Tschernobyl und Fukushima gelangten unbekannte Mengen von Plutonium in die Umwelt. Sie werden noch über Jahrhunderte hinweg großen Schaden für die Gesundheit der Menschen verursachen, eine Tatsache, die die Atomindustrie gerne vertuschen möchte. Auch die Natur ist in Gefahr: In Fukushima fanden Wissenschaftler bereits heraus, dass 50 Prozent aller Schmetterlinge einer bestimmten Art mit verkrüppelten Flügeln schlüpften und ihre Nachkommen Gendefekte aufwiesen.

FACTS

Plutonium ist ein Gammastrahler. Das bedeutet, es gibt die gefährlichste, ausgesprochen hochenergetische Art der radioaktiven Strahlung ab, die nahezu alles durchdringt. Nur starke Bleiplatten können Gammastrahlen aufhalten.

Der Live-Kommentar:

Markus Böhm (28): »Sag mal, Tina, sehe ich da eine Rauchwolke über dem Atomkraftwerk?«

Vorhersehbarkeit: 100 Prozent – das war schon immer klar.

Gleichgültig, wie sorgfältig die Sicherheitsmaßnahmen auch sein mögen – beim Umgang mit einem derartig gefährlichen Stoff wie Plutonium muss man immer mit dem Risiko rechnen, dass er in die Umwelt gelangen könnte. Auch ist es nicht unwahrscheinlich, dass Staaten, die Atomwaffen mit Plutonium besitzen, diese einsetzen könnten.

Schutz, Gegenmaßnahmen, Fluchtmöglichkeiten: Verbot von Plutonium

Die einzige Möglichkeit, gegen die Gefahren von Plutonium vorzugehen: heftig und lautstark gegen die Nutzung der Atomenergie protestieren. Außerdem sollten die demokratischen Staaten auf der Welt dafür sorgen, dass Atomwaffen und vor allem solche mit Plutonium nicht in die Hände von Diktatoren und Unrechts-Regimen gelangen. Ein weltweites Verbot von Plutonium wäre ein sinnvoller Schritt, der sich aber leider kaum verwirklichen lassen wird, solange es kriegerische Konflikte gibt.

Die Folgen für Menschen und Natur: Die Kakerlaken wären im Vorteil …

Da Kakerlaken und manche andere Insekten, wie wir bereits wissen, weitgehend resistent gegen Radioaktivität sind, könnten sie in verseuchten Regionen leben, in denen Menschen schwer erkranken oder sterben würden. Für andere Tier- und Pflanzenarten ist Plutonium genauso gefährlich wie für uns Menschen.

DIE KATASTROPHE: DIE RESSOURCEN DER ERDE SIND ERSCHÖPFT

Bei uns mag es vielleicht noch nicht so weit sein, aber in den USA benutzen die Menschen schon lieber Wegwerfbesteck, als einfach mal abzuspülen. Die Faulheit kennt wohl keine Grenzen, genauso wenig wie die Konsumlust. Shopping ist cool – aber irgendwo muss das ganze Zeug ja herkommen …

Wer ist in Gefahr?
Wir alle, aber die ärmsten Menschen wird es besonders hart treffen.

Fakten: Alle Vorräte an Energie und Rohstoffen auf der Erde sind begrenzt.
Wir verbrauchen Erdöl, Erdgas, Kohle in unvorstellbaren Mengen. Die In-

ternationale Energieagentur IEA gibt für 2012 einen weltweiten Verbrauch von mehr als 14 250 000 000 Litern Erdöl an – nicht etwa pro Jahr, sondern täglich! Ähnlich sieht es bei Erdgas und Kohle aus: 2008 wurden auf der Welt 5 753 500 000 Tonnen Kohle verheizt, 2010 förderte und verbrauchte die Menschheit insgesamt 3 239 000 000 Kubikmeter Erdgas. Wir beuten unseren Planeten rücksichtslos aus.

Der Live-Kommentar:
Hermann Böhm (42): »Wie, das Gerät kann man nicht reparieren? Das war das letzte Mal, dass ich diese Marke gekauft habe!«

Die Bedrohung: Irgendwann sind wichtige Rohstoffe nicht mehr zu haben.

Die Vorräte an Erdöl reichen nach dem heutigen Stand des Wissens nur noch für etwa 50 Jahre, die an Erdgas etwas länger. Danach steht als fossile Energie nur noch Kohle zur Verfügung. Hier reichen die Reserven in den Lagerstätten noch für etwa 200 Jahre.

Grad der Gefährdung: hoch

Um beim Erdöl zu bleiben: Die Aussicht, dass wir nicht mehr Auto fahren können, sondern laufen oder mit dem Rad fahren müssen, ist nicht die schlimmste Perspektive. Vielleicht werden wir dann wieder gesünder. Die wirkliche Gefahr besteht darin, dass Großmächte und Konzerne Kriege um die restlichen Vorräte an Erdöl oder einen anderen Rohstoff führen könnten.

Die Wahrscheinlichkeit: Vieles wird schon knapp …

… und manche Rohstoffe sind nur in wenigen Ländern verfügbar. Seltene Erden zum Beispiel, das sind ganz besondere chemische Elemente, werden unbedingt für den Bau von Computern benötigt. Die größten Vorkommen liegen in China. Bisher sind nur die Preise gestiegen – sollte ein Land aber versuchen, andere Länder mit knappen Rohstoffen zu erpressen, indem es nichts mehr liefert, wäre dies vermutlich wieder ein Grund für einen Krieg.

Vorhersehbarkeit: Experten warnen seit Jahrzehnten.

Allerdings blieben ihre Stimmen lange ungehört. Der Club of Rome hatte schon in den 1970er-Jahren in seinem viel beachteten Bericht »Die Grenzen des Wachstums« Rohstoffknappheit vorausgesagt. Immerhin ist jetzt eine Wende zu erneuerbaren Energien in Vorbereitung. Wasserkraft, Sonnenenergie, Erdwärme und Biogas könnten in einigen Jahrzehnten die fehlenden Rohstoffe Kohle und Erdöl ersetzen. Andere knappe Materialien, etwa Eisen und Kupfer, werden zunehmend recycelt.

Schutz, Gegenmaßnahmen, Fluchtmöglichkeiten: sparsam sein …

… und sich für eine nachhaltige Wirtschaft einsetzen. Das heißt, wir sollten nur solche Produkte kaufen, die lange halten, repariert werden können und, wenn es gar nicht mehr geht, in Teile zerlegt und wieder zu Rohstoffen verarbeitet werden können. Außerdem sollten die Verbraucher darauf achten, Produkte zu vermeiden, die bei ihrer Herstellung viel Energie verbrauchen.

Die Folgen für Menschen und Natur: sehr unterschiedlich

Wenn die Rohstoffe knapp werden, steigen die Preise vieler Güter. Besonders die Menschen in den ärmsten Ländern der Erde werden sich manches nicht mehr leisten können: Energie, Nahrungsmittel, Gegenstände des täglichen Gebrauchs. Menschen, die in einen Krieg um Rohstoffe geraten, werden dadurch indirekt unter der Knappheit leiden. Auch unser Leben in den reicheren Regionen der Welt könnte sich ohne manche Rohstoffe völlig anders entwickeln. Der Natur allerdings dürfte es ziemlich egal sein, ob es im Erdboden noch genug Kohle oder Kupfererz gibt. Pflanzen und Tiere verbrauchen keine Rohstoffe, sondern leben in geschlossenen Recyclingkreisläufen.

FACTS

Bereits in 10 bis 15 Jahren, so vermuten Wissenschaftler, haben wir die Hälfte aller Ölreserven auf der Welt verbraucht. Auch sauberes Trinkwasser steht nicht in unbegrenzter Menge zur Verfügung. Ähnlich sieht es bei anderen Rohstoffen aus. So wird zum Beispiel das Metall Kupfer knapp, die Preise steigen.

DIE KATASTROPHE:
RESISTENTE KRANKHEITSERREGER

Toll, dass es sie gibt, die wirksamen Medikamente gegen bakterielle Infektionen, denn früher starb mancher an alltäglichen Krankheiten. Aber durch den falschen Einsatz von Antibiotika und anderen Medikamenten werden diese Waffen der Medizin gegen wirklich gefährliche Krankheitserreger stumpf und wirkungslos.

Wer ist in Gefahr?
Wir alle ohne Ausnahme.

Fakten: Immer mehr Antibiotika werden falsch eingesetzt.
Es gibt drei Hauptgefahrenquellen: Landwirte geben ihren Nutztieren Antibiotika, damit sie nicht krank werden und schneller wachsen. Reste der

Der Live-Kommentar:
Ein Bericht über einen Krankenbesuch: »Eigentlich war es nur eine kleine Operation, aber dann bekam er diese Infektion, und jetzt liegt er seit vier Wochen im Koma … Hoffentlich übersteht er das!«

Antibiotika bleiben im Fleisch der Tiere und anderen Tierprodukten wie Eiern zurück und werden von Menschen mit der Nahrung aufgenommen.
Ein anderes Problem ist die allzu häufige Behandlung von Erkrankungen mit Antibiotika: Manche Ärzte verschreiben schon bei einem Schnupfen ein solches Medikament, obwohl es gegen Viren völlig wirkungslos ist.
Und schließlich entstehen Gefahren aus dem Verhalten von Patienten: Der Arzt behandelt die Patienten mit einer bakteriellen Infektion völlig richtig mit einem Antibiotikum, aber weil es ihnen schon wieder viel besser geht, setzen manche Patienten dieses Mittel eigenmächtig ab. Die Folge: Das Antibiotikum ist unterdosiert und nicht alle Bakterien werden getötet. Die Keime, die zurückbleiben, sind sehr widerstandsfähig gegen das verwendete Mittel – schließlich haben sie es ja überlebt.

Die Bedrohung: Gegen resistente Bakterien gibt es kein Mittel.

Dort, wo Antibiotika besonders häufig eingesetzt werden, treten auch besonders resistente Bakterien auf, zum Beispiel in Krankenhäusern. Wenn solche Bakterien mit hoher Widerstandsfähigkeit gegen Antibiotika einen schwachen oder ohnehin kranken oder frisch operierten Menschen befallen und dessen Körperabwehr nicht gegen sie ankommt, hat der behandelnde Arzt kein brauchbares Mittel mehr in der Hand.
Das ist schlimm im Einzelfall – wirklich katastrophal könnte es werden, wenn der Erreger einer unheilvollen ansteckenden Seuche nicht mehr mit Antibiotika behandelt werden könnte. Dann würde es Tausende oder gar Millionen Tote geben.

Grad der Gefährdung: hoch

Noch gibt es zwar sogenannte Reserve-Antibiotika, die im Normalfall nicht zum Einsatz kommen und nur dann angewendet werden, wenn sonst nichts mehr hilft. Aber nicht in allen Ländern der Erde werden sie für Notfälle zurückgehalten, und so baut sich auch gegen diese Mittel bei den Bakterien langsam eine erhebliche Widerstandskraft auf.

Die Wahrscheinlichkeit: bereits eingetreten

Es passiert überall auf der Welt immer wieder – sogenannte Problemkeime machen Menschen krank. Dabei handelt es sich zum Beispiel um den Eitererreger Staphylococcus aureus, ganz gewöhnliche Darmbakterien der Art Escherichia coli und den gefährlichen Erreger der Tuberkulose, das Mycobacterium tuberculosis. Experten schätzen, dass in den letzten Jahren in den USA etwa zwei Millionen Menschen pro Jahr von Infektionen mit diesen Erregern betroffen waren, es soll zu ungefähr 90 000 Todesfällen gekommen sein.

Vorhersehbarkeit: 100 Prozent – Schon lange warnen kritische Mediziner.

Trotz dieser Warnungen wird zu wenig unternommen, um Antibiotika für die medizinische Nutzung wirksam zu erhalten. Eigentlich sind wir längst dabei, Supererreger zu züchten. Zum Beispiel dann, wenn wir eine bakterielle Infektion haben und uns nach ein paar Tagen des Antibiotikum-Schluckens denken: »Och, eigentlich geht's mir schon wieder prächtig. Ich heb mir den Rest Tabletten fürs nächste Mal auf!« Sollten dann nämlich noch einige Bakterien überlebt haben, können diese sich wieder vermehren und möglicherweise eine Resistenz gegen das fiese Zeug entwickeln, das ihren Brüdern und Schwestern so zugesetzt hat. Tadaa! Ein ganz normaler Durchschnittsbürger hat im Eigenversuch ein Bakterium geschaffen, das gegen ein Antibiotikum resistent ist! Jetzt muss er nur noch jemanden anstecken, der dasselbe dann mit einem anderen Antibiotikum durchzieht.

Schutz, Gegenmaßnahmen, Fluchtmöglichkeiten: eine ganze Menge

Besondere Schutzkleidung, ein Mundschutz oder ähnliche Maßnahmen bringen nichts: Resistente Erreger können überall sein. Auf Dauer muss man die Ursachen bekämpfen. Es gibt bereits Bestimmungen, die den hemmungslosen Einsatz von Antibiotika in der Tierzucht untersagen. Bauern, die ihren Tieren einfach mal auf Verdacht eine Schaufel Antibiotika ins Futter mischen, werden inzwischen bestraft.
Und: Jeder von uns kann mithelfen. Einen Schnupfen oder eine leichte Erkältung kann man mit Hausmitteln behandeln – Antibiotika kommen nur dann zum Einsatz, wenn zu der Erkrankung durch alltägliche Viren weitere und ernsthafte, von Bakterien verursachte Infektionen hinzukommen.

Die Folgen für Menschen und Natur: noch nicht abzusehen

Über die Ausscheidungen von Tieren kommen Antibiotika auf die Felder und ins Abwasser. Sogar Bodenbakterien sind inzwischen gegen bestimmte Mittel resistent. Das stellt zwar auf den ersten Blick keine besondere Gefahr dar. Doch miteinander verwandte Bakterien tauschen Erbinformationen aus. Dadurch werden Bakterienarten, die nie in Kontakt mit Antibiotika waren, dennoch widerstandsfähiger gegen sie. Die Folgen von Antibiotika im Wasserkreislauf sind noch nicht vollkommen erforscht. Zum Glück ist ihre Konzentration recht gering. Auf jeden Fall können sie im Wasser lebende Organismen schädigen.

FACTS

Der Gebrauch des Notfallantibiotikums Tigecyclin hat sich zwischen 2006 und 2010 bereits vervierfacht. Ärzte verschreiben also immer öfter Präparate, die eigentlich nur für den absoluten Notfall gedacht sind.

DIE KATASTROPHE: SUPERWAFFEN GERATEN IN DIE HÄNDE VON TERRORISTEN

Schon ohne im Besitz von Massenvernichtungswaffen zu sein, jagen uns Terroristen Angst ein. Kaum jemand kann sagen, welche Folgen es haben könnte, gelänge es ihnen, solche gefährlichen Vernichtungsmittel in die Hände zu bekommen.

Wer ist in Gefahr?
Jeder. Und noch stärker gefährdet sind Menschen an besonderen Orten und mit besonderen Aufgaben.

Fakten: Terroristen wollen in den Besitz von ABC-Waffen kommen.
Das wissen alle Geheimdienste auf der Welt. Falls es ihnen eines Tages gelingt, könnte dies furchtbare Folgen haben.

Die Bedrohung: schreckliche Anschläge überall auf der Welt
Eine sogenannte Rucksack-Atombombe kann eine Großstadt und alle Menschen vernichten, die in ihr leben. Bio-Waffen können ein ganzes Land mit Seuchen überziehen. Ein Giftgas, in einem Fußballstadion freigesetzt, hätte viele Tausend Tote zur Folge. Mit einer Kampfdrohne, einem ferngesteuerten Flugzeug, könnten Terroristen Angst und Schrecken an nahezu jedem Ort verbreiten.

Grad der Gefährdung: sehr hoch oder auch gering, wie man es nimmt …
Terroristen sind davon überzeugt, für die gute Sache und das Wohl der Menschheit zu arbeiten. Sie führen Heilige Kriege oder einen Kampf gegen himmelschreiende Ungerechtigkeit – so glauben sie zumindest. Dabei gehen sie über Leichen und morden rücksichtslos und willkürlich Männer, Frauen und Kinder. Die Wahrscheinlichkeit, von einem terroristischen Anschlag betroffen zu sein, ist aber vergleichsweise gering. Viel mehr Menschen kommen durch Verkehrsunfälle, Unfälle im Haushalt oder Krankenhausinfektionen ums Leben.

Die Wahrscheinlichkeit: Der schlimmste Fall ist bereits eingetreten.
Zwei Passagierflugzeuge, die in zwei Wolkenkratzer gelenkt wurden, beweisen: Terroristen werden sich nicht durch unsere moralischen Bedenken

Ein Augenzeugenbericht
Achmed Abdallah (23): »So viele Tote, so viel sinnloses Leid. DAS soll ein Heiliger Krieg sein?«

FACTS

Die kritische Masse, also die Menge, die ausreicht, um in einer Bombe eine nukleare Explosion auszulösen, liegt im Fall von Plutonium bei etwa 10 Kilogramm. Hinzu käme der Stahlbehälter. Eine kleine Plutonium-Bombe könnte also womöglich von einem einzigen Menschen, auf jeden Fall aber mühelos in einem Auto transportiert werden.

aufhalten lassen. Alles, was sie tun können, werden sie tun, denn im engen Rahmen ihrer Wertvorstellungen handeln sie richtig.

Vorhersehbarkeit: Zahllose Anschläge sagen, es könnte durchaus passieren.

Es gibt viele internationale Organisationen, die herauszufinden versuchen, was die großen Terroristengruppierungen zurzeit planen, um sie aufzuhalten. Allerdings ändert dies nichts daran, dass es dennoch geschehen kann.

Schutz, Gegenmaßnahmen, Fluchtmöglichkeiten: wachsam sein

Polizei und Geheimdienste weltweit tun alles dafür, um den Terrorismus in Schach zu halten und Anschläge zu verhindern. Häufig haben sie Erfolg, doch hin und wieder schlüpfen auch Attentäter durch die Maschen ihrer Netze. Ein Nebeneffekt: Der Kampf gegen den Terrorismus schränkt vielfach die Rechte völlig Unbeteiligter ein und kann zu lückenloser Überwachung in vielen Lebensbereichen führen.

Die Folgen für Menschen: Chaos, Leid und Hass

Mit jedem Opfer von Anschlägen leiden viele andere Menschen – ihre Familien und Freunde. Und jede Tat weckt den Hass auf die Attentäter und häufig auch auf die Parteien, Nationen, Religionen oder Volksgruppen, zu denen sie sich zählen. Aber gerade das ist das Ziel von Terroristen: Chaos stiften und Unruhe erzeugen.

DIE KATASTROPHE: ÜBERBEVÖLKERUNG

Nie zuvor hat es so viele Menschen auf der Erde gegeben wie heute und in den kommenden Jahrzehnten. Die Weltbevölkerung steigt sprunghaft an. Noch im Jahr 1700 lebten lediglich 500 Millionen Menschen auf der gesamten Erde, im Jahr 2012 waren es etwa 7,1 Milliarden, das sind mehr als 14-mal so viel. Und du bist einer von ihnen.

Wer ist in Gefahr?
Wir alle.

Fakten: Die Anzahl der Erdenbürger nimmt immer schneller zu.
Im Jahr 1804 erreichte die Weltbevölkerung eine besondere Grenze: 1 Milliarde Menschen lebten auf der Erde. 1927 waren es bereits 2 Milliarden Menschen und 1974 gab es

4 Milliarden Erdenbürger. Heute leben mehr als 7 Milliarden Menschen auf unserem Planeten – im Jahr 2050 könnten es 9 oder 10 Milliarden sein.

Der Live-Kommentar:

Ling Cheng (12): »Menschen, überall Menschen! Ich habe kein eigenes Schlafzimmer, nie genug zu essen, keinen richtigen Platz, wo ich meine Hausaufgaben machen kann, und ich kann nie irgendwo allein sein. Ich brauche eine einsame Insel …«

Die Bedrohung: Zu viele Menschen, das bedeutet Armut – und vielleicht sogar Krieg.

Eine solche Entwicklung beschwört Konflikte herauf: Die armen Länder mit vielen Kindern könnten in Konflikt mit den reichen, aber durchschnittlich älteren Nationen kommen. Warum sollten die alten Europäer um ein Vielfaches mehr Energie verbrauchen als die jungen Menschen in den Ländern Asiens und Afrikas? Dies könnte zu Kämpfen um Lebensraum, Rohstoffe und Nahrungsmittel führen.

Grad der Gefährdung: hoch

Es hängt von den politischen Entwicklungen ab, wie sich eine massive Überbevölkerung auswirkt. Wenn die reichen Länder früh genug gegensteuern und der Reichtum der Erde gerechter verteilt wird, könnte es friedlich bleiben. Es sind aber auch Szenarien denkbar, in denen sich die vielen Armen dieser Welt von den wenigen Reichen holen, was sie brauchen.

Die Wahrscheinlichkeit: hoch

Seit vielen Jahrzehnten wissen wir, dass die Weltbevölkerung stark zunimmt. Weil uns aber das Problem scheinbar nicht unmittelbar betrifft, ist wenig geschehen. In Ländern mit hoher Einwohnerzahl gelten reichlich Nachkommen als Gewinn: Viele Kinder zu haben gilt dort, wo es keine Rente gibt, als Alterssicherung, der Nachwuchs kümmert sich später um die alten Eltern. Deshalb leben in den vergleichsweise armen Ländern immer mehr Menschen, in den reichen Ländern immer weniger.

Vorhersehbarkeit: Das Problem ist schon lange bekannt.

Forscher warnen schon seit Jahrhunderten vor einer Überbevölkerung und ihren Folgen. Der britische Wissenschaftler Thomas Robert Malthus befasste sich bereits im Jahr 1798 in einem Buch mit diesem Thema. Er ging schon damals davon aus, dass die Bevölkerung der Erde über alle Maßen wachsen würde, die Nahrungsmittelproduktion aber nicht im gleichen Maße zunehmen könne. Wie wir wissen, hatte er recht.

Schutz, Gegenmaßnahmen, Fluchtmöglichkeiten: Einschränkung der Kinderzahl

In vielen betroffenen Nationen versucht man, die Bevölkerungsentwicklung zu steuern. In China, Indien, Indonesien, auf den Philippinen und im Iran gibt es kostenlose Verhütungsmittel und Programme zur Förderung von kleineren Familien. In manchen Ländern muss man sogar mit Nachteilen rechnen, wenn eine Familie mehr als ein Kind hat. Vielerorts wäre eine Änderung der gesellschaftlichen Vorstellungen über die Familiengröße hilfreich. Auch bessere Bildung und ein höheres Einkommen helfen dabei, die Zahl der Kinder pro Familie zu verringern.

Die Folgen für Menschen und Natur: Die Natur leidet unter zu vielen Menschen.

Zu viele Menschen brauchen viel zu viele Rohstoffe, verbrauchen zu viel Energie, zerstören durch ihre Wohnungen und die Herstellung ihrer Nahrungsmittel natürliche Lebensräume. Zu viele Menschen sind wie eine Krankheit für den Planeten Erde, und eine kranke Erde kann vielleicht nicht mehr so viele Menschen ernähren.

FACTS

In jeder einzelnen Minute werden nach Angaben der Vereinten Nationen aus dem Jahr 2012 auf der Erde ungefähr 150 Menschen geboren. Davon werden etwa 125 ein Leben im Elend führen und unter Hunger, Armut und Krankheit leiden. Über die ideale Größe einer Weltbevölkerung kann kein Experte wirklich Auskunft geben. Manche Schätzungen liegen bei 600 Millionen Menschen – nur etwa ein Zehntel der heutigen Weltbevölkerung. Bei dieser Zahl von Erdenbewohnern könnten dann die Natur und die Menschen in Einklang leben. Auf der Suche nach neuen Nahrungsquellen werden die Menschen zukünftig auch auf Maden, Mehlwürmer, Rüsselkäfer und Hausgrillen zurückgreifen müssen, die sehr eiweißreich sind – für uns heute eine grausliche Vorstellung.

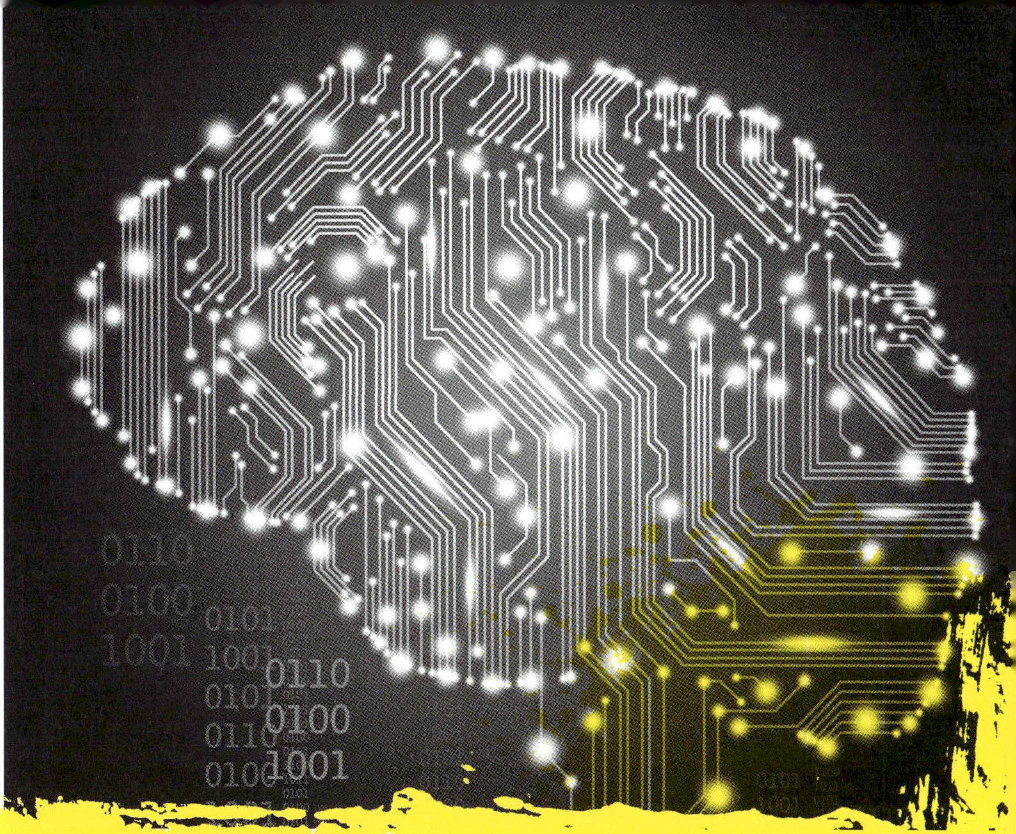

DIE KATASTROPHE:
KÜNSTLICHE INTELLIGENZ

Was, wenn sich die geballte Leistungsfähigkeit unserer Computer gegen uns wendet? Heute nennt man es noch Computerstörung, wenn es Probleme gibt – aber was, wenn die Computer uns für die Störung halten? Sie können zwar noch nicht denken, aber wer weiß, was die Zukunft bringt. Der Film »Matrix« gibt einen Vorgeschmack darauf …

Wer ist in Gefahr?
Wir alle.

Fakten: Selbst schuld!
Das Wort »künstlich« besagt schon, dass wir uns den Ärger selber eingebrockt haben. Schließlich sind die Techniker der Menschheit und ihre Auftraggeber hoch motiviert, unsere Computer immer besser und selbstständiger zu

machen und menschliche Arbeitskraft durch künstliche Helfer zu ersetzen. Doch dabei könnten einige merkwürdige Nebeneffekte auftreten …

Die Bedrohung: Das war´s dann mit der herrschenden Art …

Schon heute baut man Computer, die sich selbst verbessern können. Was, wenn dabei eine Art Computermonster entsteht? Überintelligente Maschinen könnten, einmal außer Kontrolle geraten, eigentlich alles tun. Vom Leben wie in der Steinzeit, ohne elektrische Geräte, bis hin zur totalen Versklavung durch Roboter ist alles möglich, und vieles wurde auch schon in Science-Fiction-Filmen durchgespielt. Auch superintelligente Bio-Computer wären denkbar. Was, wenn die intelligente DNA eines solchen Systems wie ein Virus eine Tierart infizieren würde? So könnten – auch wenn das recht unwahrscheinlich ist – intelligente Meerschweinchen entstehen. Sollten sie etwas gegen uns Menschen haben, dürfte es finster für uns aussehen.

Grad der Gefährdung: Ein bisschen Zeit haben wir noch.

So schnell, wie die technische Forschung fortschreitet, können wir schon mal Batterien horten, damit die Taschenlampe noch funktioniert, falls uns künstliche Intelligenzbestien den Strom abschalten. Unsere Technologien entwickeln sich in rasendem Tempo weiter, unsere Maschinen können immer mehr. Eines Tages werden sie womöglich herausfinden, dass Menschen schädlich für den Lebensraum Erde sind, den sie schützen sollen. FAIL! – Sie beschützen uns vor uns selbst! Oder sie entscheiden, dass organisches Leben – Pflanzen, Tiere und Menschen – überhaupt überflüssig ist in einer Welt der Maschinen …

Ein Augenzeugenbericht

Herr Robert U. aus H.: »Schön, so ein automatischer Rasenmäher, allerdings habe ich den Eindruck, dass er irgendwie immer hinter mir her ist … und immer schneller … und jetzt richtet er sich auf … nein, nicht, du Mistkiste, nein, geh weg … aaaaah!« Schrapp-schrapp-schrapp …

FACTS

Allein über die menschlichen Augen können 6,25 Gigabyte pro Sekunde wahrgenommen und vom Gehirn verarbeitet werden. Das ist eine ziemlich große Datenmenge, die jeden Schreibtisch-Computer zum Absturz bringen würde. Jedenfalls im Moment noch.

Die Wahrscheinlichkeit: Alles ist möglich.

Genau sagen kann man aber nicht, ob die Entwicklung von Maschinen und Computern wirklich in eine solche Richtung geht. Wenn sie es tut, bekommen wir Menschen massive Probleme.

Vorhersehbarkeit: Es könnte passieren …

Sollte also dein Hausroboter im Jahr 2045 plötzlich anfangen, über »ungerechte Menschen« oder »Roboterrechte« zu reden, könntest du beginnen, dir Sorgen zu machen.

Schutz, Gegenmaßnahmen, Fluchtmöglichkeiten: So ist das dann halt.

Wenn man nicht gerade der beste Freund der Roboterrebellenregierung ist, sieht es wohl schlecht für einen aus. Können Roboter überhaupt menschliche Freunde haben? Vielleicht könnte man sich noch auf eine einsame Insel verkriechen oder mit einem Raumschiff ins All fliehen. Dabei könnte eine Flucht ins All sogar wahrscheinlicher sein. Denn wer weiß, ob es in einer Zukunft der intelligenten Maschinen, die über uns herrschen, überhaupt noch einsame Inseln geben wird? Und was, wenn das Raumschiff auch gegen uns ist?

Die Folgen für Menschen und Natur: It's clean to be a machine!

Eins steht fest: Sollte dieses Szenario eintreten, wäre es vorbei mit dem menschlichen Dasein als stärkstes Wesen an der Spitze der Nahrungskette. Vielleicht würden uns die Angreifer als Verschmutzung ihres natürlich-technischen Lebensraums sehen oder als Energiequelle nutzen? Oder uns einfach komplett ausrotten, weil wir nutzlos sind …

3

GEFAHR AUS DEM KOSMOS

Die Erde ist nur ein winziger Punkt in einem unvorstellbar riesigen Kosmos. Um uns herum herrscht zum größten Teil Leere. Doch in dieser Leere, unglaublich weit von uns entfernt, könnten Gefahren lauern, mit denen wir rechnen müssen. Manche davon sind so gewaltig, dass wir nur hilflos zuschauen könnten, andere kennen wir noch gar nicht. Wieder andere Katastrophen finden in ferner Zukunft weit jenseits unserer aller Lebenszeit statt. Aber es gibt auch einige Gefahren aus den Tiefen des Alls, die uns heute betreffen können und auf die wir uns vorbereiten sollten.

DIE KATASTROPHE:
DAS ENDE DES KOSMOS

Die größte aller vorstellbaren Gefahren: Unsere Welt als Ganzes ist betroffen, wenn unser Kosmos vernichtet wird. Dann ist alles zu Ende, sogar die Zeit …

Wer ist in Gefahr?
Alles.

Fakten: Auch unser Universum könnte irgendwann ein Ende finden.
Die Wissenschaftler streiten aber noch darum, ob und wann es geschehen wird und wie das Ende des Kosmos aussehen könnte. Sie haben errechnet, dass uns vermutlich noch

etwa 50 Milliarden Jahre bleiben, bis dieses spektakuläre Weltende eintritt. Du brauchst dich mit deinem Leben also nicht zu beeilen – du hast mehr als genug Zeit, um einen Schulabschluss oder eine Berufsausbildung zu machen und eine Familie zu gründen. Auch deine Enkel und Urenkel werden, was das Ende des Universums betrifft, noch in Ruhe leben können …

Ein Augenzeugenbericht

Frau Eva Schmidt (45): »Werner, hol die Gartenmöbel rein, da hinten kommt eine ziemlich dunkle Wand! Seltsam … Wie ein Gewitter sieht es aber nicht au…«

Die Bedrohung: Nachher ist nichts mehr …

Es gibt unter Wissenschaftlern drei Theorien, wie es zum Ende des Universums kommen könnte. Sie alle haben eins gemeinsam: Nachher bleibt nichts zurück. Die Theorie vom »Big Crunch« besagt, dass sich das Universum, das sich über Milliarden von Jahren immer weiter ausgedehnt hat, irgendwann wieder zusammenzieht und dann unvorstellbar klein in einem Punkt endet. Die Theorie vom »Big Rip« nimmt dagegen das Gegenteil an: Die Ausdehnung des Universums schreitet immer schneller voran, und irgendwann wird es von dieser Ausdehnungsbewegung regelrecht zerrissen, weil die Entfernungen zwischen seinen einzelnen Teilchen so groß werden, dass sie nicht mehr miteinander in Beziehung treten können. Die »Big-Whimper«-Theorie besagt, dass den Sternen irgendwann der Brennstoff ausgeht und dem völlig dunklen Universum auch noch der Kältetod droht. Weil es dann überall unvorstellbar kalt ist, nämlich –273,15 °C, könnte man vom Großen Bibbern sprechen.
Außerdem wäre da noch die »Big Error«-Möglichkeit, nach der das Ende der Welt sich weigert, nach einer dieser Theorien zu funktionieren. Es käme dann ganz unerwartet und in einer Form über uns, mit der auch unsere besten Wissenschaftler nicht gerechnet hätten. Vielleicht würde sich dann herausstellen, dass wir Menschen die Welt völlig falsch begriffen haben und dass sie ganz und gar anders ist als erwartet. Das würden wir aber erst bemerken, wenn es zu spät wäre.

Grad der Gefährdung: gigantisch

Egal, wie sich dieser Vorgang abspielen wird: Was danach übrig bliebe – irgendeine Form von Nichts –, entzieht sich unserer Vorstellungskraft. Vermutlich ist es ein Nichts, das mit Leben, wie du es kennst, nichts zu tun hat. Klassenfahrten in diese Richtung sollte man nicht planen …

Die Wahrscheinlichkeit: keine Ahnung …

Auf jeden Fall sollte niemand Weltuntergangs-Partys feiern und sein Vermögen verprassen. Vermutlich wird es noch eine ganze Weile so weitergehen wie bisher. Ein Zeitrahmen? Na ja, so einige zehn Milliarden Jahre …

Vorhersehbarkeit: ??? Prozent

Wir schaffen es ja noch nicht einmal, das Wetter für die nächste Woche präzise vorauszusagen. Wieso sollte uns das beim endgültigen Weltende gelingen?

Schutz, Gegenmaßnahmen, Fluchtmöglichkeiten: keine

Die Koffer packen und rechtzeitig das Universum wechseln? Gute Idee, aber nicht umsetzbar. Wie sollte man sich vor der unwiderruflichen Katastrophe schützen können? Wohin soll man fliehen, wenn es nichts mehr gibt?

Die Folgen für Menschen und Natur: Welche Menschen? Welche Natur?

Das war es dann. Niemand muss sich mehr Sorgen machen.

FACTS

Die neuesten physikalischen Theorien und astronomischen Beobachtungen besagen: Das Universum dehnt sich mit zunehmender Geschwindigkeit aus, alle Objekte darin entfernen sich voneinander – und zwar umso schneller, je weiter sie entfernt sind. Ursache dieser Ausdehnung soll die rätselhafte Dunkle Energie sein. Über 70 Prozent der Masse des Universums sollen aus diesem rätselhaften Stoff bestehen, über den kein Wissenschaftler etwas Genaues sagen kann. Trotz aller Forschungen: Unser Universum ist ein riesenhaftes Rätsel …

DIE KATASTROPHE: EIN OBJEKT AUS DEM ALL TRIFFT DIE ERDE

Es könnte ein Asteroid sein, dessen Bahn die der Erde kreuzt, oder ein Komet aus der Oortschen Wolke weit draußen im All. Viele Asteroiden durchqueren die Erdbahn, zahllose Kometen umkreisen die Sonne in schwer berechenbaren, lang gestreckten Bahnen. Ob Asteroid oder Komet – die Situation wäre in beiden Fällen dieselbe: Ein gigantischer Brocken stürzt mit ungeheurer Geschwindigkeit auf die Erde nieder und zermalmt vielleicht eine ganze Stadt. Schlägt er ins Meer ein, rasen riesige Tsunami-Wellen über alle Küsten. Ist er groß genug, kann er das Ende des Planeten Erde bedeuten, weil er die Erdkugel zerreißt.

Wer ist in Gefahr?
Wir und unser Planet.

Wahrscheinlichkeit: nicht morgen, aber vielleicht übermorgen …

Manch ein Wissenschaftler winkt lächelnd ab, wenn man nach einem Zusammenstoß mit Objekten aus dem Weltall fragt. Nur keine Panik! Man weiß aber, dass die Erde ungefähr alle 300 000 Jahre von einem größeren Brocken aus dem All mit etwa einem Kilometer Durchmesser getroffen wird. Im Durchmesser zehn Kilometer große Asteroiden oder andere Himmelskörper treffen die Erde etwa alle 100 Millionen Jahre. Ein solcher Einschlag verursacht ein Massensterben und Massenaussterben vieler Arten. Der letzte Volltreffer vor 65 Millionen Jahren führte, so vermuten viele Wissenschaftler, zum Aussterben der Dinosaurier. Sind wir die nächsten? Im Februar 2013 kam der Asteroid 2012 DA14, ein Brocken von etwa 60 Metern Durchmesser, der Erde gefährlich nah, der nächste 300 Meter große Brocken nähert sich im Jahr 2029 …

Grad der Gefährdung: Gefahr für den Rasen oder das Ende des Planeten Erde

Möglich ist alles: von einem großen Loch in Onkel Heinrichs Garten über gigantische Monsterwellen, glühende Lavamassen aus dem Erdinneren und riesigen Staubwolken bis zum Auseinanderbrechen des Planeten. Es kommt ganz auf die Größe des Objektes aus dem All und auf die Stelle des Einschlags an, ob wir von Staubwolken erstickt, in jahrelangem Winter erfrieren, von riesigen Tsunamis fortgerissen oder ins All geschleudert werden.

Vorhersehbarkeit: Wenn man nicht blind ist …

So ein gigantisches Objekt aus dem All, das sich langsam der Erde nähert, fällt schon auf. Leistungsfähige Teleskope beobachten jede Nacht den Sternenhimmel, Millionen von Hobby-Astronomen mit ihren kleineren Fernrohren kommen hinzu. Es besteht eine gute

Ein Augenzeugenbericht

Andreas F. aus G.: »Das kam total überraschend, uns hat keiner was gesagt. Die jungen Leute, die haben vielleicht eine Welle gemacht, als dieses Ding am Himmel aufgetaucht ist! Ich und die Irmgard, wir haben es nicht eilig mit dem Untergang. Wir gehen das ganz in Ruhe an. Entweder es passiert oder es passiert nicht …«

> **FACTS**
>
> Das Nördlinger Ries, ein Einschlagkrater in Süddeutschland, ist ungefähr 14,6 Millionen Jahre alt. Es entstand, als ein Meteorit mit etwa 1,5 Kilometern Durchmesser mit einer Geschwindigkeit von etwa 54 000 – 180 000 km/h in die Erdkruste einschlug.

Chance, dass man ein solches gefährliches Objekt ziemlich früh entdeckt. Wie etwa den Kometen C/2012 S1, der im Winter 2013 der Sonne auf gefährliche 2 Millionen Kilometer nahe kommen kann – in kosmischen Maßstäben sehr, sehr nahe. Wie nahe? Die Erde kreist 150 Millionen Kilometer von der Sonne entfernt, der Komet kreuzt also zweimal die Erdbahn …

Vorsorgende Schutzmaßnahmen: wache Augen und systematische Suche

Was soll man schon groß tun? Erst mal abwarten? Viele Fachleute sprechen sich für eine systematische Suche nach gefährlichen Objekten aus dem Weltall aus. Daran müssten sich viele Wissenschaftler aus allen Nationen beteiligen. Wenn allerdings etwas gefunden wird, ist die Frage, wann die Bevölkerung der Erde informiert werden würde. Wenn es zu früh geschieht, könnte eine Massenpanik unvorstellbar chaotische Zustände heraufbeschwören …

Gegenmaßnahmen: Science-Fiction-Style

Ob die in Comics und Science-Fiction-Filmen üblichen Raketen und Bomben gegen einen Giganten aus den Tiefen des Alls helfen, wird man wohl erst sehen, wenn sie zum Einsatz kommen. Vielleicht gelingt es ja auf diese Weise, das gefährliche Flugobjekt aus seiner für die Erde gefährlichen Bahn zu drängen. Eigentlich kann man nur die Daumen drücken …

DIE KATASTROPHE: DAS ENDE DER SONNE

Die Sonne, der Stern, um den die Erde kreist, steht stets zuverlässig am Himmel. Sie geht morgens auf, spendet uns den ganzen Tag lang Licht und Wärme und geht abends wieder unter. Das wird immer so sein, meinst du? Mancher Wissenschaftler ist sich da nicht so sicher.

Wer ist in Gefahr?
Alle und alles im Sonnensystem.

Die Fakten: Auch Sterne altern.
Sterne haben einen Lebensweg, sie entstehen überall im Weltall, strahlen hell auf, verbrauchen ihre Energie und erlöschen irgendwann auf die eine oder andere Weise. Auch die Sonne, die ja ein Stern ist, wird einmal ein Ende finden. Sie besteht zum großen Teil aus den Elementen Wasserstoff und Helium. Wenn ihr der atomare Brennstoff Wasserstoff ausgeht, dem

Ein Augenzeugenbericht

Herr Z. (42) aus B.: »Gott sei Dank habe ich für mich und die Kinder noch einen Platz auf dem Schiff bekommen! Was für ein Glück für uns, dass viele Passagiere mit ihren Autos im flüssigen Asphalt stecken geblieben sind. Gerade lodern aus den Bäumen neben dem Raumflughafen die ersten Flammen, es ist unerträglich heiß, die Lungen brennen, ich glaube, ich ersticke … Da! Die Triebwerke zünden, wir heben ab! Ja, geschafft! Tschüs, alte Erde, du warst ein guter Planet, jetzt kommt deine Feuerbestattung!«

wir jetzt die Energie der Sonne verdanken, kommt ein anderer Verbrennungsprozess in Gang, der Folgen hat: die Helium-Fusion. Die Sonne beginnt immer heller zu leuchten und immer mehr Wärme abzustrahlen. Sie dehnt sich aus und wird zu einem gigantischen roten Ball, viel größer als heute. Dabei verschwindet alles, was ihr zu nahe kommt, in lodernder Hitze.

Die Wahrscheinlichkeit: gering, dass es morgen geschieht

Die Sonne wird sich eines Tages ausdehnen, mit hundertprozentiger Sicherheit. Aber Wissenschaftler sind sich sicher, dass dieser Prozess erst in einigen Milliarden Jahren einsetzen wird.

Grad der Gefährdung: sehr hoch

Die gewaltige Energie einer sich ausdehnenden Sonne wird alles existierende Leben auf der Erde auslöschen.

Sollte die sich ausdehnende Sonne die Erde nicht verschlucken, würde sie später in kalter Dunkelheit versinken. Für Pflanzen und Tiere, wie wir sie kennen, wäre sie kein Lebensraum mehr.

Vorhersehbarkeit: sicher

Eigentlich sogar absolut sicher. Die Wissenschaft ist sich einig: Es wird geschehen. Wann genau es sich abspielen soll, darüber streiten sich die Experten. Zwei Meinungen stehen sich gegenüber: entweder in 5 Milliarden Jahren oder in 7,6 Milliarden Jahren.

Vorsorgende Schutzmaßnahmen: eher sinnlos

Unter der Erde könnte man möglicherweise eine Weile überleben, bis es wirklich hart kommt.

FACTS

Die Sonne hat im Laufe ihrer Existenz bereits 14 000 Erdmassen an Wasserstoff in Helium umgewandelt und mit ihrem Licht und ihrer Wärme das Leben auf der Erde ermöglicht. Wir haben das Glück, gerade so viel Sonnenenergie abzubekommen, dass Leben auf unserem Planeten möglich ist. Auf anderen Planeten ist es zu heiß (Venus und Merkur) oder zu kalt (Uranus und Neptun) für Lebewesen, wie wir sie kennen.

Gegenmaßnahmen: sinnlos

Schon in 1,5 Milliarden Jahren wird es langsam ungemütlicher auf der Erde, nämlich immer wärmer. Wie schnell das zu lebensfeindlicher Hitze führen wird, darüber sind sich – wie immer – die Fachleute uneinig. Manch ein schlauer Kopf könnte eventuell auf die Idee kommen, sich mit Alufolie einzuwickeln, um die Strahlung zu reflektieren, oder sich mit Sonnenschutzmilch einzucremen. Leider würde aber selbst Schutzfaktor 5000 herzlich wenig bringen, wenn es richtig losgeht …

Fluchtmöglichkeiten: zurzeit gering

Eigentlich können wir jetzt schon damit beginnen, uns einen anderen geeigneten Planeten in einem benachbarten Sonnensystem zu suchen und Raumschiffe zu konstruieren, die groß und schnell genug sind, um uns dorthin zu bringen. Vielleicht kann das eine hochtechnisierte Zivilisation auf der Erde in vielen Millionen Jahren leisten. Dann wäre da noch die Frage, ob es überhaupt einen erreichbaren Planeten gibt, der uns vergleichbare Lebensbedingungen wie die Erde bieten könnte.

Die Folgen für Menschen und Natur: komplette Auslöschung

Wenn wir auf unserem Planeten bleiben, sieht es wohl schlecht aus. Überlebenschancen: null Komma null. Nicht mal richtige Sonnenanbeter dürften mit dieser Hitze klarkommen. Keine Chance für Fauna und Flora. Der ganze Planet würde als Aschehäufchen enden. Entweder würde der riesige rote Sonnenball unsere gute alte Mutter Erde einfach verschlucken oder ihre Umlaufbahn so verändern, dass sie sich weit draußen im All bewegen würde.

DIE KATASTROPHE: KOLLISION MIT EINER ANDEREN GALAXIE

Zwar ist der Raum zwischen den Sternen und Galaxien riesig, aber es gibt auch Abermilliarden Objekte darin, viele von ihnen in Sternenhaufen zusammengeballt. Auch unsere Galaxis – die Milchstraße – ist nicht allein in der kosmischen Nachbarschaft …

Wer ist in Gefahr?
Wir alle – oder auch niemand.

Fakten: Galaxien treffen und durchdringen sich.
Zwei Galaxien, riesige Ansammlungen von Planeten und Sonnen, treffen aufeinander, eine unheimliche Vorstellung. Tatsächlich hat die NASA sogar schon bekannt gegeben, dass das Schicksal unserer Galaxie, der Milchstraße, besiegelt ist: Wir werden nach Messungen des Weltraumteleskops

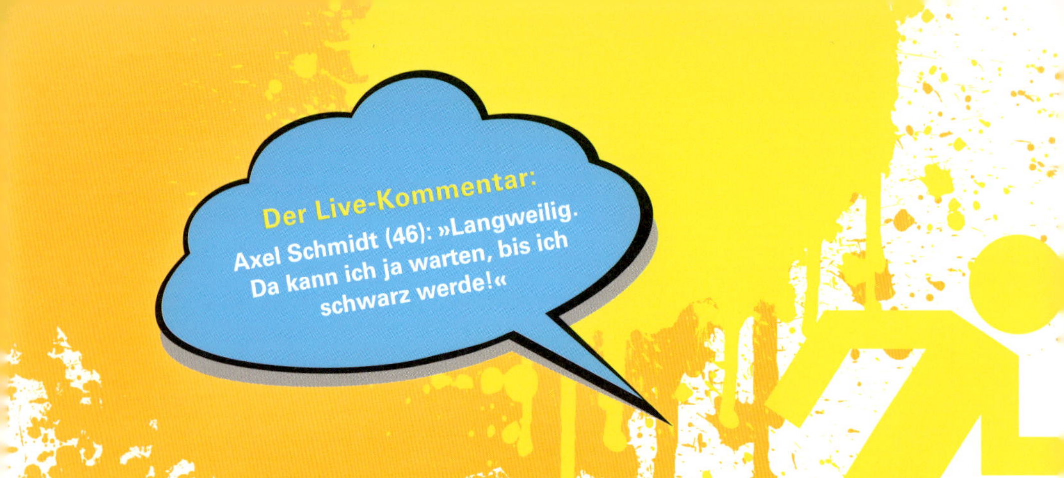

Hubble mit der Andromeda-Galaxie zusammenstoßen – schon in vier Milliarden Jahren. Wenn ihr also noch etwas Besonderes unternehmen wollt … Nein, halt, falscher Alarm!

Die Bedrohung: Bedrohung? Nein, ganz ruhig bleiben.

Ja, es könnte schon etwas passieren, eine sehr winzige Wahrscheinlichkeit besteht: Unsere Sonne könnte mit einer anderen Sonne zusammenstoßen, eine unvorstellbare Katastrophe wäre die Folge. Unser Planet könnte in das Schwerefeld einer anderen Sonne geraten und einen für uns ziemlich tödlichen Ausflug ins All unternehmen oder in diese fremde Sonne stürzen. Einmal abgesehen von der Zeitplanung für dieses Ereignis: Auch die Menschen einer sehr fernen Zukunft müssten sich nicht sonderlich fürchten. Die beiden Galaxien fliegen zwar mit ungefähr 400 000 Kilometern pro Stunde aufeinander zu, aber das Ganze hört sich albtraumhafter an, als es wirklich ist. Eine Galaxie ist unvorstellbar groß, aber sie erstreckt sich auch über ein riesiges Raumvolumen. Die einzelnen Sonnen, Sonnensysteme und anderen Objekte darin sind von gewaltigen Leerräumen umgeben und fliegen einfach aneinander vorbei. Dass zwei Staubkörner im Kölner Dom zusammenstoßen, ist wahrscheinlicher.

Grad der Gefährdung: gering

Die Wahrscheinlichkeit, dass überhaupt Himmelskörper kollidieren, ist gering. Und wenn: Es gibt schließlich Milliarden Objekte, die sich begegnen – es muss nicht unbedingt eines aus unserem Sonnensystem erwischen.

Die Wahrscheinlichkeit: sicher

Die Galaxien werden sich begegnen – wenn wir den Wissenschaftlern glauben können.

Vorhersehbarkeit: Gut, Hubble sei Dank!

Das Weltraumteleskop Hubble hat es möglich gemacht, dieses Ereignis vorauszusehen. Zuvor waren Wissenschaftler sich nicht sicher, ob die beiden Galaxien sich wirklich treffen werden.

Schutz, Gegenmaßnahmen, Fluchtmöglichkeiten: vorerst überflüssig

Es passiert einfach. Allerdings werden sich selbst deine Urururenkel noch keine Sorgen machen müssen. Bis zum großen Treffen der Galaxien ist es noch eine gute Weile hin.

Die Folgen für Menschen und Natur: ein himmlisches Feuerwerk

Die beiden Galaxien werden sich zunächst durchdringen und dann möglicherweise zu einer riesigen neuen Galaxie verschmelzen, weil ihre Anziehungskraft sie zusammenhält. Dabei wird unser Sonnensystem vielleicht ein bisschen verschoben werden. Der Nachthimmel, den man von der Erde aus sehen kann, wird sich also ganz schön verändern. Eine ganze Galaxie kommt hinzu, Gase leuchten, und in Farbfeuerwerken entstehen neue Sterne. Da kann man nur hoffen, dass es zu diesem Zeitpunkt noch Lebewesen auf der Erde gibt, die das Spektakel beobachten dürfen. Hast du schon einmal die Milchstraße am Himmel erkennen können? Das ist unsere Galaxie – dann kämen noch einmal so viele Sterne hinzu.

FACTS

Wir erleben gerade einen Fall einer Galaxien-Durchdringung mit, ohne im Alltag etwas davon zu bemerken: Die Sagittarius-Zwerggalaxie ist nur 50 000 Lichtjahre vom Zentrum unserer Milchstraße entfernt und wird wahrscheinlich in näherer Zukunft – das heißt in etwa 100 Millionen Jahren – in ihr aufgehen, weil die Anziehungskräfte der viel größeren Milchstraße sie förmlich zerlegen. Ihre Sterne werden dann Teil unserer Milchstraße sein. Wir können diese Zwerggalaxie allerdings nicht am Himmel sehen, weil viel hellere Sterne unserer eigenen Galaxie sie überdecken.

DIE KATASTROPHE: EIN GAMMABLITZ

Immer wieder entdeckt die Wissenschaft rätselhafte Phänomene in den Tiefen des Weltalls – einige davon sind von wissenschaftlichem Interesse und schön anzuschauen, aber für uns auf der Erde ohne Folgen. Andere gelten als brandgefährlich – auch für dich –, weil sie in ihren Auswirkungen auch über viele Lichtjahre bis zu uns Menschen auf dem kleinen, unbedeutenden Planeten Erde reichen.

Ein solches kosmisches Ereignis ist ein Gammablitz …

Fakten: Extrem stark gebündelte Strahlung trifft die Erde.
Gammablitze entstehen bei einem Kernkollaps eines Neutronensterns oder einer Hypernova, beide verbunden mit der Entstehung eines Schwarzen Lochs, oder durch andere Ursachen. Sie durchqueren als Strah-

lung – ähnlich scharf gebündelt wie das Licht eines Laserstrahls – riesige Entfernungen. Sie dauern meist nur kurze Zeit (von Zehntelsekunden bis Minuten), besitzen aber eine gigantische Energie: Manche Gammablitze setzen in wenigen Sekunden mehr Energie frei als eine Sonne in mehreren Milliarden Jahren.

Die Bedrohung: Atmosphäre in Gefahr!

Gammablitze ereignen sich überall im Weltall, meist Millionen von Lichtjahren von uns entfernt. Geschähe ein solches kosmisches Ereignis in unmittelbarer Nähe unseres Sonnensystems, so würde die Strahlung die Lebewesen auf der Erde nicht etwa direkt schädigen. Sie würde von der Atmosphäre zum großen Teil absorbiert – aber dabei entstünden riesige Mengen von Stickoxid, die die Ozonschicht zerstörten. Das Klima würde sich auf dramatische Weise verändern, das Wachstum von Pflanzen würde gestört. Die Folgen für die Nahrungsmittelversorgung der Menschheit wären unabsehbar.

Grad der Gefährdung: gering

Eine Gefährdung würde nur dann eintreten, wenn sich ein Gammablitz in einer Entfernung unterhalb von 3000 Lichtjahren ereignete. Das aber ist ziemlich unwahrscheinlich. Außerdem sind die Gammastrahlen scharf gebündelt und durchqueren nur einen winzigen Winkelbereich der 360°-Kugel des Weltalls – das Strahlenbündel müsste genau auf die Erde gerichtet sein, was recht unwahrscheinlich ist.

Die Wahrscheinlichkeit: bereits eingetreten

Seit der Entdeckung von Gammablitzen wurden zahlreiche solcher Ereignisse beobachtet, allerdings meist in sehr großer Entfernung.

FACTS

Der erste Gammablitz wurde am 2. Juli 1967 von einem amerikanischen Spionagesatelliten entdeckt, aber erst 1973 klärten Wissenschaftler, dass die Strahlung aus den Tiefen des Alls kam. Ein am 19. März 2008 beobachtetes Ereignis im Sternbild Bärenhüter war vermutlich eine Supernova und ein damit verbundener Gammablitz, dessen gebündelte Strahlung die Erde nach 7,5 Milliarden Jahren (!) erreichte. Als diese Explosion stattfand, existierte die Erde noch gar nicht. Das Objekt mit der Bezeichnung GRB 080319B leuchtete 2,5 Millionen Mal heller als die hellste je entdeckte Supernova und war mit bloßem Auge am Nachthimmel zu sehen. Es sandte zugleich die stärkste je gemessene Gammastrahlung aus, die allerdings wegen der riesigen Entfernung für die Erde ungefährlich war. GRB 080319B ist das hellste und am weitesten entfernte Objekt im Universum, das Menschen bisher beobachtet haben.

Vorhersehbarkeit: zweifelhaft

Da einem Gammablitz andere Geschehnisse vorausgehen müssten, könnte man diese beobachten und mit dem Auftreten des gefährlichen Strahlungsereignisses rechnen. Dadurch wäre aber wenig gewonnen, es sei denn, man könnte das Ereignis rechtzeitig voraussehen. Ob und wann aber bei einem Kollaps eines Neutronensterns oder der Entstehung eines Schwarzen Lochs ein Gammablitz aufflammt, vermag heute niemand vorauszusagen.

Schutz, Gegenmaßnahmen, Fluchtmöglichkeiten: keine

Es sei denn, man könnte von jetzt auf gleich den Planeten verlassen.

Die Folgen für Menschen und Natur: Die Art Mensch wäre in Gefahr …

… ebenso wie andere Lebewesen. Die Natur geriete völlig durcheinander. Wie Forschungsergebnisse von Paläontologen zeigen, könnte ein Gammablitz die Erde in ihrer Vergangenheit bereits mehrfach getroffen haben. Nur etwa ein Zehntel der Weltbevölkerung könnte eine solche Katastrophe überleben.

DIE KATASTROPHE:
DAS RIESIGE SCHWARZE LOCH

Zuerst waren sie nur eine Idee der theoretischen Physik, aber mittlerweile hat man sie überall im Weltall nachgewiesen: Schwarze Löcher. Sie geistern durch Science-Fiction-Filme, saugen unvorstellbare Mengen von Materie und sogar das Licht ein und machen vielen Leuten Angst. Man könnte sagen: Sie sind die neuen Monster mancher Albträume.

Wer ist in Gefahr?
Wir alle. Unsere Erde. Unser Sonnensystem. Oder noch mehr …

Fakten: Es gibt sie, und sie sind hungrig …
Ein in der Galaxie M87 gelegenes Schwarzes Loch ist unvorstellbar riesig und 6,4 Milliarden Mal schwerer als unsere Sonne. Seine Schwerkraft

reißt alles in der Umgebung an sich – sogar das Licht! Und Forscher meinen, dass es etliche dieser Schwarze-Loch-Riesen im Universum gibt.

Die Bedrohung: der reine Horror

Ein riesiges Schwarzes Loch kommt von irgendwoher aus dem Weltall, und wir sehen es nicht einmal, denn es strahlt ja kein Licht aus. Seine gewaltigen Gravitationskräfte reißen auf seinem Weg Sonnen, Planeten und Monde weg, es wird immer massereicher und gefährlicher. Nichts kann dieser gewaltigen Kraft entkommen …

FACTS

Die gigantische Gravitation eines Schwarzen Lochs verändert sogar Raum und Zeit. Man nennt dieses Phänomen die Raumzeitkrümmung. Astronomen nutzen diesen Effekt, um Schwarze Löcher zu entdecken, weil ihre Schwerkraft die Bilder von Sternen und Galaxien verzerrt.

Grad der Gefährdung: Gigantisch – das wäre das Ende!

Ein solches Gravitationsmonster würde alles, was sich in seiner Nähe befindet, in sich hineinsaugen und es zu stark komprimierter Materie in seinem Inneren machen. Dabei würde alles von den Gravitationskräften zerrissen. Im Inneren des Schwarzen Lochs herrschen Temperaturen und Druckverhältnisse, die man sich überhaupt nicht vorstellen kann – für Leben bestünde nicht die geringste Chance.

Die Wahrscheinlichkeit: minimal – soweit wir wissen …

Zu sehen sind Schwarze Löcher nicht, aber sie verändern als sogenannte Gravitationslinsen den Weg von Lichtstrahlen, beeinflussen die Eigenbewegung von Planeten und verursachen auch andere Effekte. Wissenschaftler haben an vielen Orten im Universum große Schwarze Löcher nachgewiesen, besonders im Zentrum von Galaxien. Auch im Zentrum unserer Milchstraße wird ein großes Schwarzes Loch vermutet. In der Nähe unseres Sonnensystems allerdings gibt es keine. Auch würden Astronomen die Annäherung eines derart gefährlichen Objektes frühzeitig bemerken.

Vorhersehbarkeit: keine
Ein so unwahrscheinliches Ereignis vorherzusagen, ist nicht machbar. Wir können nicht einmal sagen, mit welcher Wahrscheinlichkeit es eintreten könnte. Einmal in 100 Millionen Jahren? Oder einmal in 4 Milliarden Jahren?

Schutz, Gegenmaßnahmen, Fluchtmöglichkeiten: keine
Wenn es geschähe, wäre es eine kosmische Katastrophe. Menschen und jedes andere Lebewesen wären völlig hilflos. Keine Flucht, keine Abwehrmaßnahmen, keine Rettung.

Die Folgen für Menschen und Natur: das Ende
Nachher gäbe es weder Menschen noch Natur auf der Erde. Nicht einmal die Erde würde noch existieren.

Ein Augenzeugenbericht

Beat Hürlimann (24, Schweizer): »Seit Wochen toben diese Wirbelstürme, riesige Flutwellen rollen über die Kontinente, nur wir hier auf den Bergen haben das überlebt, oder? Der Himmel sieht irgendwie … krank aus … Seit letzter Woche hat die Erde keinen Mond mehr, und gestern war plötzlich die Sonne weg, als ob jemand das Licht ausgeknipst hätte … Die Luft wird immer dünner, ich kann kaum noch atmen … das ist das … Ende, oder?«

DIE KATASTROPHE: EINE SUPERNOVA IN NÄCHSTER NÄHE

Gewaltige Explosionen erschüttern das Weltall über Distanzen von vielen Lichtjahren, wenn große Sonnen sterben. Sie explodieren als Supernova – monströse Kräfte zerreißen den ganzen Stern. Riesige Mengen Materie und Strahlung unvorstellbar großer Intensität erfüllen den Raum rund um den Katastrophenstern. Gut, wenn du nicht in der Nähe bist …

Wer ist in Gefahr?
Wir alle. Unser Planet. Vielleicht unser Sonnensystem.

Fakten: Überall im Weltall explodieren Sonnen.

Zwar endet nicht jede Sonne als Supernova, aus kleineren werden auch sogenannte Braune Zwerge. Ab einer bestimmten Größe aber steht am Ende einer Sonnenkarriere zwangsläufig die gewaltige Explosion als Supernova.

Die Bedrohung: schwer zu sagen …

In unmittelbarer Nähe unserer Sonne gibt es keine Sterne, die für eine Explosion infrage kämen. Die nächste Sonne ist Proxima Centauri im Sternbild Zentaur, 4,22 Lichtjahre oder 40 Billionen Kilometer entfernt von unserem Heimatstern. Vom Typ her ist diese Sonne kein Kandidat für eine Supernova-Explosion. Auch die weiteren Nachbarn in nächster Nähe sind vermutlich keine gefährlichen Sonnen. Der erdnächste Kandidat für eine besonders gefährliche Entwicklung zur Supernova ist IK Pegasi in etwa 150 Lichtjahren Entfernung. Entwarnung also? Nein, denn da gibt es noch eine besonders unauffällige Art von Sonnen, die nur wenig Licht abgeben: Dunkle Weiße Zwerge. Sie könnten wegen ihrer geringen Leuchtkraft auch in relativer Nähe zur Erde unentdeckt bleiben und sehr starke Supernova-Explosionen hervorrufen. So stark, dass die Erde sogar in Mitleidenschaft gezogen würde, wenn die Explosion in einer Entfernung bis zu 3000 Lichtjahren stattfinden würde …

Grad der Gefährdung: je nachdem

Es hängt von der Entfernung und der Energie einer Supernova-Explosion ab, ob wir in Gefahr geraten. Eine Supernova-Explosion im Umkreis von 100 Lichtjahren könnte durch die abgegebene Gamma-Strahlung die Atmosphäre unseres Planeten verändern und die Ozonschicht zerstören – die harte kosmische Strahlung träfe ohne jeden Schutz auf die Erdoberfläche –, das wäre das Ende für fast alle Lebewesen auf der Erde. Bei ausreichender Energie könnten auch die Schockwellen der Explosion die Erde gefährden.

Der Live-Kommentar:

Gregor G.: »Meine ich das nur oder ist der Stern da oben seit gestern plötzlich viel heller geworden?«

Die Wahrscheinlichkeit: vermutlich gering

Allerdings wissen wir ja nicht alles – manche Wissenschaftler nehmen an, dass es schon vor etwa 400 Millionen Jahren eine Supernova in Erdnähe gegeben haben könnte, der etwa 50 Prozent aller Arten im Meer zum Opfer fielen.

FACTS

Eine Theorie besagt, dass der Stern von Bethlehem, der die Heiligen Drei Könige zur Krippe des Jesuskindes führte, eine Supernova gewesen sein könnte. Etwa tausend Jahre später, nämlich im Jahr 1054, beobachteten chinesische und arabische Astronomen am Frühlingshimmel einen neuen Stern im Sternbild Stier. Er leuchtete anfangs so hell wie der Planet Venus und war während des Sommers sogar mehr als drei Wochen am Taghimmel zu erkennen. Mehr als zwei Jahre lang stand er, mit bloßem Auge zu erkennen, am Nachthimmel. Heute finden Astronomen an dieser Stelle des Himmels den sogenannten Krebsnebel, die Reste dieser Supernova-Explosion. Eine weitere und die bisher letzte beobachtete Supernova in geschichtlicher Zeit ist folgende: Der Astronom Johannes Kepler und seine Zeitgenossen entdeckten am 9. Oktober 1604 einen neuen Stern am Himmel. Astronomen heutiger Tage fanden heraus, dass es sich um eine Supernova in einer Entfernung von 13 000 Jahren handelte.

Vorhersehbarkeit: nicht ganz einfach

Astronomen kennen viele Sterne, die voraussichtlich in einer Supernova enden werden, können aber nicht genau sagen, wann das sein wird. Ein zusätzliches Risiko bergen unentdeckte Sonnen, die plötzlich explodieren könnten …

Schutz, Gegenmaßnahmen, Fluchtmöglichkeiten: keine

Gegen derartig gewaltige kosmische Kräfte gibt es keinen Schutz und keine Gegenmaßnahmen.

Die Folgen für Menschen und Natur: schwer zu sagen

Je nach der Entfernung und der Energiemenge würde sich eine Supernova-Explosion auf die Erde auswirken. Die Folgen könnten von einer erhöhten Strahlenbelastung bis zur Auslöschung unseres Planeten reichen.

DIE KATASTROPHE: VIREN AUS DEM ALL

Wir Menschen haben mit den Krankheitserregern auf der Erde schon ziemlich zu kämpfen – was aber, wenn ein Killer aus den Weiten des Weltalls hinzukommt und du dich nicht nur vor fiesen Erkältungen schützen musst? Es könnte sein, dass ein solcher Erreger kurzen Prozess mit der Art »Mensch« macht.

Wer ist in Gefahr?
Bisher niemand, aber vielleicht wir alle.

Fakten: Es kommt vieles von außen auf die Erde.
Jeden Tag prasselt ein Meteoritenregen auf die Erde ein – die meisten Meteoriten verglühen in der Erdatmo-

sphäre, aber einige größere erreichen auch den Erdboden oder fallen ins Meer. Was, wenn sie blinde Passagiere befördern?

Die Bedrohung: vorhanden

Bei Versuchen mit Raumkapseln stellte sich heraus, dass die auf der Erde beheimateten Bärtierchen im Zustand der sogenannten Kryptobiose – eine Art Scheintod – Reisen ins Weltall überlebt haben. Weder die Kälte noch das Vakuum – der Weltraum ist luftleer – konnten sie töten. Bärtierchen sind für uns Menschen völlig harmlos, doch vielleicht reisen im Innern von Meteoren ganz andere, viel gefährlichere Fluggäste.

Grad der Gefährdung: schwer zu sagen

Wir haben kaum Kenntnis über die Zustände im Weltall und können mit großem Aufwand nur einen winzigen Bereich rund um unsere Sonne erforschen. Wer weiß, welche Bedrohungen in vielen Lichtjahren Entfernung lauern – und hier sind jetzt nicht etwa intelligente Aliens gemeint, sondern völlig unbekannte Lebensformen. Kein Bakterium, kein Virus, irgendetwas völlig anderes …

Die Wahrscheinlichkeit: eventuell bereits eingetreten

Wer kann schon sagen, was in den letzten 5 Milliarden Jahren auf der Erde geschehen ist, bevor dort überhaupt Menschen lebten? Es gibt Forscher, die vermuten, dass auch Viren Zugereiste aus den Tiefen des Weltalls sein könnten …

FACTS

Auf zwei Meteoriten vom Mars namens »Shergotty« und »Nakhla« wurden Spuren gefunden, die möglicherweise Reste von früherem Leben auf unserem Nachbarplaneten darstellen.

Ein Augenzeugenbericht

Anna K. (34): »Gestern hat unser Paul mit so einem Stein herumgespielt, und jetzt hat er so grüne Punkte im Gesicht und er schnauft so komisch …!«

Vorhersehbarkeit: gering

Jeden Tag fallen Meteoriten aus dem Weltall auf die Erde, die nicht in der Lufthülle verglühen – nur wenige werden von Menschen beobachtet. Viele fallen ins Meer oder in unbewohnte Gebiete. Vielleicht landet so ein Raumschiff aus Stein oder Eis irgendwo mitten in Australien, und zuerst wird eine Beutelratte von einer furchtbaren neuen Krankheit infiziert, dann ein Känguru …

Schutz, Gegenmaßnahmen, Fluchtmöglichkeiten: keine

Weder können wir den Meteoritenregen stoppen noch alle Meteoriten einsammeln, die auf die Erde gefallen sind. Selbst wenn wir das versuchen würden – vielleicht hätten wir Tausende Male Erfolg, aber den einen Meteoriten mit dem todbringenden Reisenden würden wir übersehen …

Die Folgen für Menschen und Natur: schwer zu sagen

Wie soll man die Folgen von etwas beschreiben, das man nicht kennt? Es könnte sein, dass wir alle nur grüne Punkte im Gesicht bekommen oder dass uns der neue Erreger um den Verstand bringt und dass wir wie Zombies durch die Gegend laufen oder dass wir uns in ekligen gelben Schleim verwandeln, wenn wir befallen sind …

DIE KATASTROPHE: AUSSERIRDISCHE GREIFEN AN

Einzellige Besucher aus dem Weltall wären schlimm genug, aber was, wenn wir es mit einer außerirdischen Intelligenz zu tun bekämen? Hast du dir schon einmal Gedanken darüber gemacht, dass Wesen aus dem Weltall uns haushoch überlegen sein könnten? Oder genauer gesagt: dass wir im Vergleich mit ihnen ziemlich schlecht abschneiden würden …

Fakten: E.T. lebt und viele andere Aliens auch.

Irgendwo da draußen gibt es sie. Es ist sehr wahrscheinlich, dass auf den Milliarden von Planeten im Universum hoch entwickelte außerirdische Lebensformen existieren. Schließlich ist dieses Weltall so gigantisch, da wäre es schon etwas gewagt zu behaupten, wir wären das einzige intelligente Leben darin.

Ein Augenzeugenbericht

Timo Hofmann (6): »Mama, da ist ein komisches fliegendes Auto gelandet, das hat so lila Strahlen abgeschossen, und auf unserer Weide sind alle Kühe tot. Und als der Opa mit der Schrotflinte darauf losgegangen ist, gab es so ein helles Licht, und weg war der Opa!«

Die Bedrohung: Ewige Sklaverei?

Sollte sich eine außerirdische Rasse entscheiden, gerade unseren kleinen Planeten zu besuchen, ist es eigentlich vollkommen unmöglich zu sagen, was genau sie mit uns vorhaben. Dass sie unseren Planeten erreicht haben, deutet darauf hin, dass es sich um eine enorm fortschrittliche, uns technisch wahrscheinlich weit überlegene Lebensform handeln wird. Wir können nur hoffen, dass sie eine Art superintelligenter, aber total lieber Puschelbärchen sein werden. Vermutlich werden wir aber auf ewig für sie Steine schleppen oder sie mit den lustigen Irrtümern unserer lächerlichen Kultur unterhalten. Das wäre noch eine für uns günstige Vorstellung, denn die Außerirdischen könnten uns auch für eine Nahrungsquelle halten. Oder sie finden gar nichts an uns und wischen uns mit einer unbekannten, übermächtigen Alienwaffe einfach vom Erdboden. Womit genau sie uns unterdrücken oder bekämpfen werden, können wir allerdings kaum vorhersehen. Vielleicht ist es eine riesige Laserstrahlwaffe, vielleicht auch eine Art Strahlung, die uns alle zu Staub zerfallen lässt oder in Wackelpudding verwandelt.

Die Wahrscheinlichkeit: Hältst du dich wirklich für so wichtig?

Was ist denn so toll an uns Menschen, dass es ein Volk aus dem Kosmos, das fähig ist, durch die unendlichen Weiten des Raums zu reisen, genau zu uns zieht? Dass der Weltraum so unendlich groß ist, macht es ziemlich unwahrscheinlich, dass wir unter all den Lebewesen, die ihn bewohnen, eines der schlausten oder am weitesten entwickelten sind. Vermutlich sind wir verglichen mit anderen Lebensformen eher so eine Art Ameisen oder Schimpansen oder Steinzeitmenschen, und das einzig Interessante an uns sind die Rohstoffe unseres Planeten. Es kann sein, dass die Aliens deshalb kommen und nicht unseretwegen.

Vorhersehbarkeit: Schau zum Himmel!

Wir können nur abwarten, bis die Herrschaften aus dem All vor der Tür stehen. Vermutlich gibt es ja vor dem Hauptangriff Besuche von einigen kleinen Erkundungs-UFOs, aber wer glaubt schon alten Damen und nerdigen Spinnern, dass sie von Außerirdischen entführt wurden?

FACTS

Das Projekt »SETI« (Abkürzung für »Search for Extraterrestrial Intelligence«), das auch mithilfe von Computernutzern auf allen Kontinenten der Erde im Weltall nach außerirdischer Intelligenz fahndet, hat bisher keinen einzigen Anhaltspunkt für deren Existenz gefunden. Dennoch ist es recht wahrscheinlich, dass es Außerirdische gibt.

Schutz, Gegenmaßnahmen, Fluchtmöglichkeiten: Gegenwehr?

Wir können die intergalaktischen Invasoren entweder bekämpfen oder versuchen, uns mit ihnen anzufreunden. Ein Kampf erscheint aber relativ aussichtslos, da Wesen, die einfach so durch alle Galaxien reisen, vermutlich besser bewaffnet sind als wir. Was die Freundschaft betrifft: In welcher Sprache sollen wir mit ihnen reden? Selbst mithilfe der Zeichensprache kämen wir nicht weiter, denn unsere Mimik und Gestik wäre ihnen fremd. Und wer sagt uns, dass diese Aliens überhaupt Augen und Ohren haben? Vielleicht besteht ihre Sprache aus Gehirnwellen?

Die Folgen für Menschen und Natur: unabsehbar

Unsere einzige Hoffnung ist, dass es sich um Forscher mit einem gewissen Ehrenkodex handelt, die eine fremde Biologie und Zivilisation respektieren und als hoch entwickelte Art nicht im Ameisenhaufen unserer lächerlichen Kultur herumstochern. Sollten sie jedoch bösartig oder an uns ganz und gar uninteressiert sein, werden wir entweder ausgelöscht oder ins All verschifft, versklavt oder auch als Lebensmittelreserve verkauft. Der Planet würde vermutlich ausgeschlachtet werden, denn intergalaktische Eroberer fliegen nicht jahrelang durch das Nichts des Weltraums, wenn sie dafür nicht wenigstens ein paar Rohstoffe bekommen.

4 GANZ NORMALE KATASTROPHEN

Alle Lebewesen auf der Erde leben in ständiger Gefahr, auch wenn sie sich dessen nicht in jedem Augenblick bewusst sind. Diese Gefahren existieren seit Anbeginn der Zeiten und gehen weder von Außerirdischen aus, noch sind sie menschengemacht. Der Planet Erde selbst und das System Leben darauf rufen diese Gefährdungen hervor. Vielfach sind wir ihnen hilflos ausgeliefert, aber es gibt einige Bedrohungen, gegen die wir Gegenmaßnahmen ergreifen können.

DIE KATASTROPHE: SUPERSEUCHE PEST

Du bist erstaunlich gesund, wenn du dich mit den Menschen in vergangenen Jahrhunderten vergleichst. Vor Seuchen musst du dich in deinem Alltag nicht fürchten, oder? Die Menschen vergangener Jahrhunderte hingegen quälten neben dem Hunger schlimme Krankheiten – eine davon war die Pest.

Wer ist in Gefahr?

Wir alle, aber vor allem die Menschen in bestimmten Ländern.

Fakten: Sie lebt.

Die Pest ist längst besiegt und seit dem Mittelalter nicht mehr aufgetreten? Weit gefehlt. Auch heute noch gibt es Fälle der gefürchteten Seuche,

Der Live-Kommentar:
Herr Nico Müller (25): »Die Pest habe ich also, Herr Doktor? Ist das nicht furchtbar gefährlich? Nicht? Ich muss nur Antibiotika nehmen und 40 Tage in Quarantäne? Dann kann ich mir den Urlaub ja wohl abschminken!«

sogar in einem Land, das wir eigentlich für zivilisiert und fortschrittlich halten: in den USA. Auch in Indien flammte die Seuche 1994 noch einmal auf.

Die Bedrohung: Beulenpest oder Lungenpest

Schon die Namen der verschiedenen Varianten der Krankheit klingen abschreckend – keine wirklich »verführerische« Auswahl. Der Erreger der Pest kann nämlich, abhängig von Eintritts- und Verbreitungsweg, folgende verschiedene Krankheitsformen auslösen; keine der beiden wäre der anderen vorzuziehen: So beschert einem die Beulenbest schmerzhafte, bläulich gefärbte und angeschwollene Lymphknoten, während die Lungenpest, wie der Name schon sagt, Lunge und Atemwege mit eitrigen Entzündungen infiziert. Unbehandelt verläuft die Lungenpest fast immer tödlich, bei der Beulenpest hat aber auch nur die Hälfte der Erkrankten noch eine Chance.

Die Wahrscheinlichkeit: bereits eingetreten

Eigentlich kommt es nur darauf an, ob es uns gelingen kann, die Krankheit in Schach zu halten. Schließlich ist sie immer noch unter uns. Dass es noch einmal zu einer Pandemie kommen kann – einer weltweiten Erkrankung mit Hunderten Millionen Opfern –, ist eher unwahrscheinlich.

Schutz, Gegenmaßnahmen, Fluchtmöglichkeiten: Ein Mundschutz hilft wenig.

Der Erreger ist hochinfektiös und findet viele Wege in den Körper. Ein simpler Mundschutz dürfte nicht genügen. Allerdings könnte es der Gesundheit zuträglich sein, nicht mit Präriehunden auf Tuchfühlung zu gehen. Im Moment wird die Seuche nämlich von wilden Tieren oder besser gesagt von deren Flöhen übertragen. Im Mittelalter waren es die Rattenflöhe.

Die Folgen für Menschen und Natur: Zurück ins Mittelalter?

Sollte die neuzeitliche Zivilisation noch intakt sein, so würde der »Schwarze Tod« nicht ganz so schrecklich über uns hereinbrechen wie im Mittelalter. Quarantänemaßnahmen und Antibiotika würden helfen. Die Krankheit ist mit verschiedenen Medikamenten behandelbar und bei früher Erkennung gut zu heilen. Zu wirklich schlimmen Zuständen könnte es allerdings kommen, wenn die Krankheit zum Beispiel nach einem weltweiten Krieg oder nach anderen Katastrophen ausbräche. Möglicherweise ständen dann keine Gegenmittel zur Verfügung. Unter Umständen würden die Menschen dann wieder glauben, die Krankheit sei eine Strafe des Himmels. Womöglich würden dann wieder Flagellanten durch die Straßen ziehen – so werden Menschen genannt, die sich selbst geißeln, um den strafenden Gott gnädig zu stimmen.

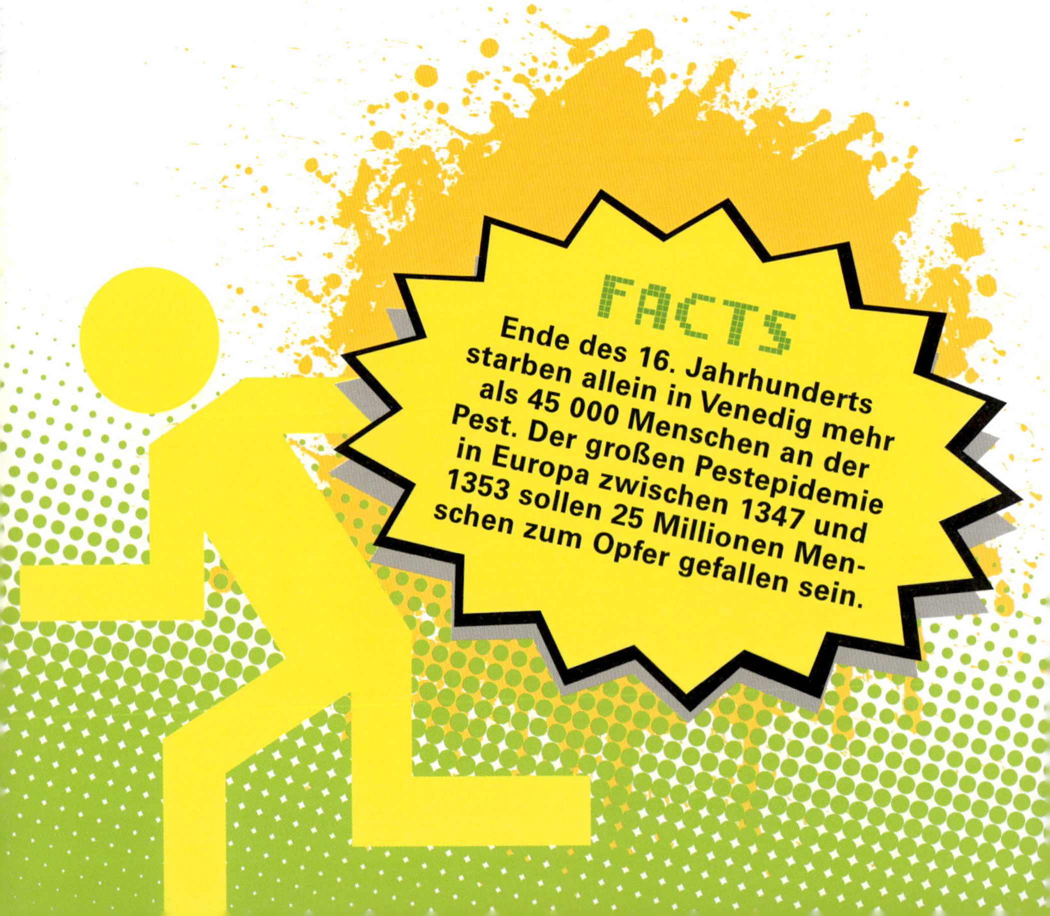

DIE KATASTROPHE: DIE NATUR SCHLÄGT ZURÜCK

Wir Menschen kennen längst nicht alle Zusammenhänge in der Biologie unseres Planeten. Immer wieder kommt es vor, dass die Natur auf Veränderungen mit unerwarteten Reaktionen antwortet. Wer weiß, was Mutter Natur noch in ihrem Labor hat, um sich gegen den Schädling Mensch zu wehren?

Wer ist in Gefahr?

Möglicherweise eher die Menschen in den »zivilisierten« Ländern als in den naturnahen Regionen, in denen die Menschen noch einfacher leben.

Ein Augenzeugenbericht

Georg P. (16): »Warum schmeckt das Wasser plötzlich so bitter? Mir ist schlecht …«

Fakten: Die Natur hat Sicherheitsmechanismen, die wir noch nicht genau kennen.
Wenn sich die Kaninchen im Stadtpark in zu großer Anzahl vermehren, kommt es oft vor, dass sie krank werden. Viele von ihnen sterben dann an der Myxomatose, einer immer tödlich verlaufenden Krankheit, wodurch sich ihre Zahl deutlich reduziert. Es könnte sein, dass es ähnliche Abläufe auch bei anderen Tierarten oder auch bei den Menschen gibt …

Die Bedrohung: Was, wenn die Natur uns für Schädlinge hält?
Können wir wissen, ob unser Verhalten der Natur gegenüber nicht auch ähnliche Reaktionen hervorrufen kann?

Grad der Gefährdung: unbekannt
Pflanzen, die zu stark wuchern, wie Bambus oder Wasserpest, verlieren mit der Zeit ihre Wachstumskraft. Ratten in zu großer Anzahl werden unfruchtbar, Tierarten, die zu stark wachsen, wie die Saurier, zerstören ihre eigene Lebensgrundlage und sterben aus.

Die Wahrscheinlichkeit: Wann schlägt die Natur Alarm?
Wir wissen es nicht. Ob und wann die Schöpfung an bisher unbekannter Stelle auf das Verhalten der Menschheit reagieren wird, ist unbekannt. Wir sollten diese Möglichkeit aber durchaus in Betracht ziehen. Wissenschaftler haben mithilfe von Simulationen herausgefunden, dass alle Spuren der Menschheit schon in wenigen Hundert Jahren von der Erdoberfläche verschwunden sein könnten, wenn es keine lebenden Menschen mehr gibt. Schwarzseher meinen: Eines Tages wird die Natur zu Abwehrmaßnahmen greifen, um den krankhaften Ausschlag namens Mensch von der Oberfläche der Erde zu beseitigen …

Vorhersehbarkeit: Manches ist bekannt, vieles ist Vermutung.
Was wann und wo geschehen könnte, können wir nicht einmal ahnen, denn wir kennen trotz aller Forschung die Natur unseres Planeten viel zu wenig. Zwar können Wissenschaftler vermuten, was zum Beispiel bei einer Klimaerwärmung oder einer Veränderung in der Zusammensetzung der Erdatmosphäre geschehen könnte,

aber vieles wissen wir noch nicht. Wir Menschen verändern viel an der Natur unseres Planeten, ohne zuvor die Folgen unseres Tuns zu bedenken.

Schutz, Gegenmaßnahmen, Fluchtmöglichkeiten: sorgsamer Umgang mit der Natur

Viele natürliche Prozesse sind seit Jahrmillionen ausgewogen und eingespielt und befinden sich in einem Zustand des Gleichgewichts. Eine Natur, die man nicht in diesem Gleichgewicht stört, reagiert auch nicht extrem.

Die Folgen für Menschen: Wir sind nicht die einzige Möglichkeit …

… unsere Nachfolger warten schon! Vielleicht wird es eine Tierart sein, die jetzt schon lebt, aber dann einen enormen Sprung in ihrer Entwicklung machen kann – wenn wir Menschen nicht mehr im Weg stehen.

FACTS

Das natürliche Gleichgewicht ist empfindlich – wer es stört, muss die Folgen tragen. Jedes Jahr entwickelt die chemische Industrie Zehntausende neuer Substanzen, die in den biologischen Kreislauf geraten – was richten sie dort an? Durch Atomkraftwerke kommen radioaktive Substanzen mit hoher Strahlung mit der Natur in Kontakt. Nach der Atomkatastrophe von Fukushima tauchten in Japan Schmetterlinge mit verkrüppelten Flügeln auf. Vielleicht schädigt die Strahlung aber auch andere Arten so, dass wir die Veränderung nicht sofort bemerken. Jedes Jahr sterben Hunderte von Pflanzen- und Tierarten aus, weil Menschen ihnen den Lebensraum rauben. Darunter sind auch solche, die den Biologen völlig unbekannt waren und es auch bleiben werden. Was geschieht, wenn plötzlich wichtige Arten in einem Biotop fehlen?

DIE KATASTROPHE: POLSPRUNG – DAS KIPPEN DER MAGNETISCHEN ERDACHSE

Die Erde hat vier Pole: je einen geografischen Nord- und Südpol sowie je einen magnetischen Nord- und Südpol. Während die geografischen Pole (nahezu) ortsfest sind, wandern die magnetischen Pole der Erde, und das für planetarische Verhältnisse nicht einmal langsam: Im letzten Jahrhundert hat der magnetische Nordpol 1100 Kilometer von Alaska nach Sibirien zurückgelegt. Doch es kann noch schlimmer kommen …

Wer ist in Gefahr?
Das ist nicht ganz genau zu bestimmen und hängt davon ab, wie sich das Magnetfeld der Erde weiterentwickelt.

Fakten: Etwa alle 300 000 bis 500 000 Jahre wechselt das Magnetfeld seine Polung.

Dabei wird der magnetische Nordpol zum Südpol und umgekehrt – es kommt zum sogenannten Polsprung. Der letzte ereignete sich vor 780 000 Jahren, der nächste ist also überfällig. Du hast aber vorerst mal noch keinen Grund, deinen geplanten Orientierungslauf mit Karte und Kompass abzusagen, weil dein Kompass nicht richtig funktioniert …

Die Bedrohung: Die Übergangsphase ist gefährlich.

Wie Messungen ergeben, könnte der Prozess des Polsprungs bereits eingesetzt haben. Das Erdmagnetfeld schwächt sich ab und wird instabil, es werden sich bald weitere Magnetpole bilden. Es könnte sein, dass es in etwa 1800 Jahren nicht nur zwei magnetische Pole, sondern vier oder sogar acht gibt. Das bringt nicht nur jeden Kompass aus dem Gleichgewicht: Während dieses Prozesses, der normalerweise etwa 5000 bis 10 000 Jahre dauert, kann eine Kompassnadel in alle möglichen Richtungen zeigen. In diesem Übergangsprozess schwächt sich das Magnetfeld der Erde um bis zu 90 Prozent ab. Tausende Jahre später, wenn der magnetische Nordpol zum magnetischen Südpol geworden ist, stabilisiert sich das Magnetfeld der Erde wieder.

Grad der Gefährdung: Man streitet sich noch.

Der Satz, dass es immer so viele Meinungen wie Experten gibt, bestätigt sich hier: Einige Wissenschaftler sagen, dass die mit dem Polsprung verbundene Abschwächung des Magnetfeldes ohne Folgen bleiben wird.

Der Live-Kommentar:

Dieter P., Lehrer der 8 a, im Geschichtsunterricht im Jahr 5914: »Vor einigen tausend Jahren haben die Menschen den sogenannten Kompass benutzt, ein Gerät mit einer Magnetnadel, um mit ihren Schiffen zu navigieren. Damals hatte die Erde nur zwei magnetische Pole – lächerliche zwei magnetische Pole! Für uns heute unvorstellbar! Marietta, sag uns doch mal, wie die acht magnetischen Pole heißen …«

FACTS

Durch die Veränderungen im Magnetfeld der Erde gerät die Orientierung von Tieren wie zum Beispiel Wildgänsen durcheinander. Sie verfliegen sich häufiger auf ihren jahreszeitlichen Wanderungen.

Auch das schwächere Magnetfeld würde das Leben auf der Erdoberfläche ausreichend vor der kosmischen Strahlung schützen. Andere vermuten eine mehr oder weniger große Zunahme der Krebserkrankungen, und manche Klimaforscher sprechen davon, dass durch die Veränderungen in der Atmosphäre die nächste Eiszeit einsetzen könnte.

Die Wahrscheinlichkeit: bereits eingetreten

In der Erdgeschichte hat das Erdmagnetfeld bereits häufig seine Polung gewechselt und es wird wieder geschehen – der Prozess hat bereits begonnen.

Vorhersehbarkeit: Der nächste Polsprung steht bevor.

Wegen der Dauer eines Polsprungs – in erdgeschichtlichen Vorstellungen gedacht kurz, im Vergleich zu einem Menschenleben sehr lang – wird kein Mensch den gesamten Vorgang erleben.

Schutz, Gegenmaßnahmen, Fluchtmöglichkeiten: überflüssig

Da die ernsthaften Prognosen kaum wirklich katastrophale Folgen für die Menschheit erwarten, sind Schutzmaßnahmen weitgehend überflüssig. Wer trotzdem Angst hat, kann vielleicht einen Schutzanzug tragen, der Magnetfelder abschirmt und zugleich ein Strahlenschutzanzug ist. Oder man kann den Planeten wechseln – falls es bis dahin den interplanetaren Raumflug gibt und man einen Ersatzplaneten finden kann.

Die Folgen für Menschen und Natur: Vermutlich nicht direkt lebensbedrohlich, aber …

… es gäbe sie. Durch die erhöhte kosmische Strahlung könnten langfristig Veränderungen im Erbgut auftreten. Manche Forscher bringen das Aussterben bestimmter Arten und das Auftreten neuer Lebewesen mit den Polsprüngen in der Vergangenheit der Erde in Verbindung.

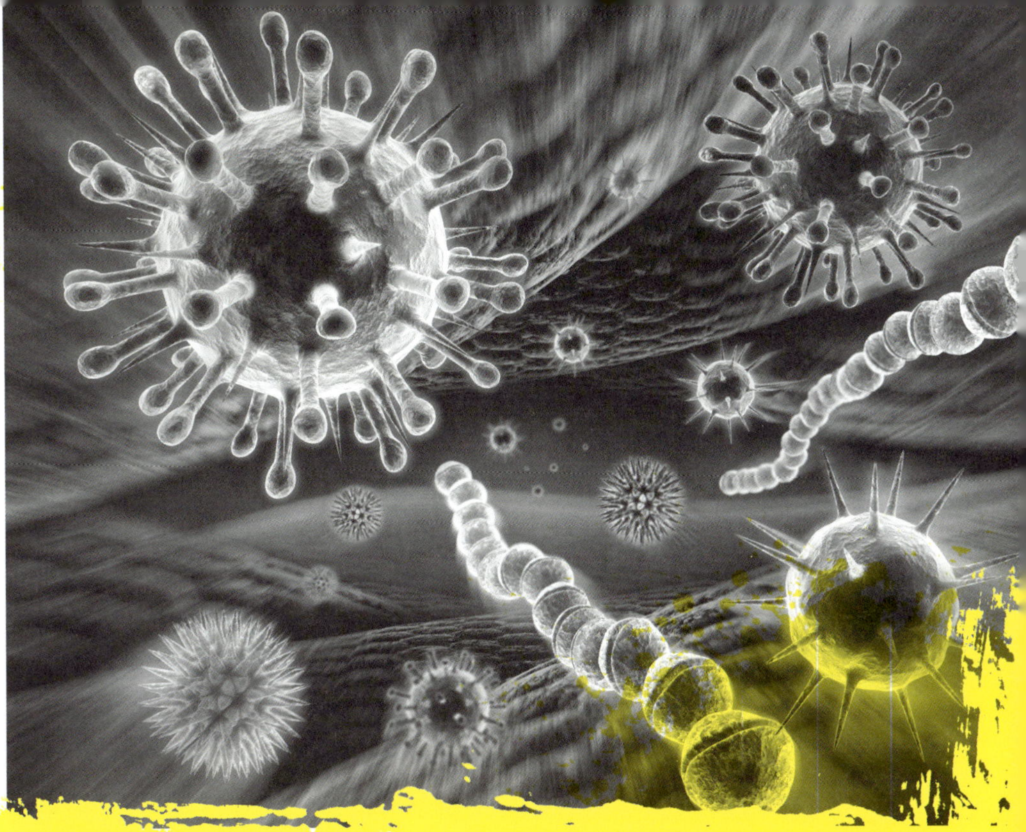

DIE KATASTROPHE: SUPERKRANKHEIT

Durch natürliche Mutation entsteht ein Erreger, gegen den du nicht mehr gewappnet bist. Unsere Antibiotika versagen, oder es ist gleich ein Virus, wogegen Antibiotika ja nicht helfen. Zuerst erwischt es die ganz Jungen, dann die Alten und Kranken. Doch je weiter sich der Erreger entwickelt, desto bedrohlicher wird er. Wird er erst mal »airborne«, das heißt über die Luft übertragbar, dann kann der Mensch nur noch sagen: Das war's dann wohl.

Wer ist in Gefahr?
Wir alle.

Die Bedrohung: unsichtbar und überall

Vielleicht fühlst du dich in deiner Wohnung noch sicher, schließlich wäschst du dir ja immer sorgfältig die Hände … aber genau kannst du nie wissen, wo der Erreger lauert. Vielleicht auf der Türklinke? An der Haltestange im Schulbus? Ein Virus oder auch ein Bakterium ist schwer in Zaum zu halten, denn absolut perfekt hygienisch kannst du nicht leben.

Die Wahrscheinlichkeit: hoch

Krankheitserreger mutieren ständig. Es ist ein ganz normaler, natürlicher Vorgang, dass sie sich an die äußeren Begebenheiten anpassen. Wir werden immer wieder mit neuen, stärkeren Krankheiten zu kämpfen haben. Die Frage ist nur, wie lange wir gegen sie gefeit sind.

Vorhersehbarkeit: hoch

Der Ausbruch einer Seuche irgendwo auf der Erde ist kein seltenes Ereignis. Deshalb sollte man mit dem Schlimmsten rechnen.

FACTS

Viren und Bakterien ändern sich auch ohne den Eingriff von Menschen ständig und passen sich an neue Lebensbedingungen sehr schnell an. Das macht manche von ihnen sehr gefährlich. Außerdem reisen sie dank des Luftverkehrs blitzschnell über alle Kontinente. Manchmal bringen Touristen so furchtbare Krankheiten wie Ebola aus dem Urlaub mit oder erkranken durch das Marburg-Virus. Außerdem begünstigt die Klimaerwärmung das Leben von Krankheitserregern in Gebieten, in denen es früher zu kühl für sie oder ihre übertragende Tierart war. Die Malaria, übertragen von der Tigermücke, war früher fast eine reine Tropenkrankheit. Inzwischen kommt sie immer häufiger in Südeuropa vor. Das Dengue-Fieber, ebenfalls durch den Stich einer Mücke an Menschen weitergegeben, ist auf dem Vormarsch in der ganzen Welt. Weitere Viren und Bakterien können ihren Lebensraum bei höheren Temperaturen ausdehnen.

Ein Augenzeugenbericht
Maria H. aus P.: *Röchel* *Hust* »… jetzt hab ich es auch …« *Schneuz, schnief, röchel* »…« *rasselndes Ausatmen*

Schutz, Gegenmaßnahmen, Fluchtmöglichkeiten: Desinfektionsmittel-Hamstereinkauf?

Die Gesundheitsbehörden vieler Länder haben für den Fall eines Seuchenausbruchs gut ausgearbeitete Katastrophenpläne. Wie kann man sich selbst helfen? Die eigenen Abwehrkräfte und ein gewisses Maß an Hygiene sind die besten Abwehrmaßnahmen. Auch ist die Wahrscheinlichkeit zu erkranken geringer, wenn man abgelegen wohnt und/oder nur wenig Kontakt zu anderen Menschen hat. Sollte das Virus »airborne« sein, ist ein Mundschutz zu empfehlen. Ist der Erreger »waterborne«, das heißt durchs Wasser übertragbar, kann das Abkochen von allem, was man zu sich nimmt, nicht schaden. Es sei denn, wir haben einen hitzeresistenten Gegenspieler …

Die Folgen für Menschen und Natur: Für die Natur wird's schön ruhig.

Schlecht sieht es für uns Menschen aus, wenn der schlimmste aller Fälle eintritt: ein Erreger, ob Bakterium oder Virus, der wirklich absolut resistent und hochmutagen ist, was bedeutet, dass ein Impfstoff nicht wirkt, weil sich das Viech viel zu schnell weiterentwickelt, und der auch noch durch Luft und Wasser übertragbar ist. Nur die Natur hätte gut lachen: Sie würde sich endlich wieder ein bisschen mehr ausdehnen können. So eine verlassene Stadt ist schnell überwuchert …

DIE KATASTROPHE: SUPERVULKAN

In unseren Breiten spielen Vulkane und durch sie verursachte Gefahren keine große Rolle. Mit so etwas wie Aschewolken und glühender Lava mussten sich bei uns in Mitteleuropa vor einigen Millionen Jahren höchstens die Dinosaurier herumschlagen. Oder vor etlichen Hundert Jahren die Bewohner von Pompeji, diesem Dorf, das im Jahr 79 n. Chr. vom Ausbruch des Vesuvs erwischt wurde. Aber gibt es eine Gefahr durch Vulkanausbrüche hier und heute?

Wer glaubt, davor sicher zu sein, irrt sich. Nicht Vulkane bedrohen uns, sondern sogar Supervulkane. Noch immer brodeln wahre Lavaseen unter unseren Füßen, sogar hier in Deutschland, unter den beschaulichen Hügeln der Eifel …

Ein Augenzeugenbericht

Emma S. aus H.: »Ein Glück, dass ich weit genug weg war. Ich hatte gerade die Kamera auf die Bergkette am Horizont gerichtet, als plötzlich die ganze Bergkette … in die Luft flog … Eine Ewigkeit später kam dann dieser gewaltige Donner, als ginge die Welt unter …«

Wer ist in Gefahr?

Die Menschen im Umkreis eines Supervulkans, das heißt unter Umständen eine große Region oder gar ein großer Teil eines Kontinents.

Wahrscheinlichkeit: schwer einzuschätzen

Einen »kleinen« Vulkan können Experten einschätzen: Aus seinem Krater steigt Rauch auf, er spuckt gelegentlich oder häufiger Lava, bevor er ausbricht, es gibt kleinere Erdbeben und die Bergflanken heben sich. Zwar kann man nicht mit letzter Genauigkeit sagen, wann so ein Vulkan wieder einen größeren Ausbruch haben wird, aber es gibt deutliche Anzeichen. Oft gelingt es den Menschen in der Nähe, rechtzeitig zu fliehen und ihr Hab und Gut zu retten, wenn es losgeht.
Anders bei einem Supervulkan: Sein größter Teil liegt verborgen tief unter der Erdoberfläche. Auch hier gibt es Anzeichen für vulkanische Aktivität. Gase steigen auf, wie aus den Vulkanseen in den »toten« Kratern der Eifel. Weit unter der Wasseroberfläche, tief in der Erdkruste, tut sich dort auch heute noch etwas – aber wer kann schon sagen, was?
Auch andere Supervulkane zeigen ihre Aktivität an der Oberfläche an. Geysire speien heißes Wasser, die Erde bebt hin und wieder. Aber niemand könnte einen Ausbruch mit letzter Sicherheit ankündigen. Nur: Wenn es geschieht, sind die Folgen im Falle eines Supervulkans katastrophal.
Unter dem Yellowstone-Park in den USA erstreckt sich so ein gigantischer Supervulkan, der ganz sicher noch aktiv ist. Vulkanforscher sprechen von einem »Hotspot«, einer Magmakammer in 8 Kilometern Tiefe. Sie ist 60 Kilometer lang, 40 Kilometer breit, 10 Kilometer dick – und eigentlich ist es nur eine Frage der Zeit, wann dieser riesenhafte Vulkan ausbricht …

Grad der Gefährdung: Bist du feuerfest?

In unmittelbarer Nähe oder direkt über einem Supervulkan gäbe es keine Rettung. Du würdest mit all deinem Hab und Gut einfach in die Luft fliegen. Selbst wenn du ausreichend weit entfernt und wie ein Superheld absolut hitzefest wärst, könntest du immer noch von giftigen Gasen und heißen Staubmassen eines sogenannten pyroklastischen Stromes erstickt, von umherfliegenden Felsbrocken erschlagen, verschüttet oder von Strömen schnell fließender Lava erfasst und darunter begraben werden.

Vorhersehbarkeit: ganz gute Chancen, aber …

So ein Vulkanausbruch kündigt sich an, auch der eines Supervulkans. Schon lange Zeit bevor die Erde aufreißt und heiße Lava nach oben schießt, kann man eine Hebung der Bergflanke um einige Zentimeter pro Jahr beobachten – der Bereich viele Kilometer rund um den Supervulkan schwillt förmlich an. Auch Erschütterungen der Erde oder Gasaustritte lassen sich messen. Es gibt also viele Vorzeichen, aber keines sagt eindeutig: Jetzt oder morgen oder in drei Wochen geht es los. Deshalb könnte es geschehen, dass

man alle Menschen in der Nähe – unter Umständen Hunderttausende oder sogar Millionen – evakuiert, wenn es bestimmte Warnzeichen gibt – und dann bricht der Supervulkan doch nicht aus …

Vorsorgende Schutzmaßnahmen: bei uns hier keine

Hier in Deutschland wird wohl kaum jemand auf seinen gepackten Koffern sitzen für den Fall, dass die Regierung ihn spontan wegen eines bevorstehenden, gigantischen Vulkanausbruchs in der Eifel umsiedeln möchte. Dazu brechen Vulkane in Deutschland und in Mittel- und Nordeuropa zu selten aus – mit Ausnahme von Island. In Südeuropa sieht das anders aus. In Italien sind der Stromboli und der Vesuv noch aktiv. Auf Sizilien spuckt der Ätna immer wieder Lava. Supervulkane schlummern wahrscheinlich unter den Phlegräischen Feldern nahe dem Vesuv und unter der griechischen Insel Santorin.

Gegenmaßnahmen: umsiedeln und hoffen

Die Bewohner einer Vulkanlandschaft werden manchmal fortgebracht, wenn möglicherweise ein Ausbruch bevorsteht. Es könnte aber immer auch blinder Alarm sein und der Vulkan beruhigt sich wieder. Oder der Vulkan bricht wirklich aus, und alle sind glücklich, dass sie rechtzeitig umgezogen sind. Vielleicht können sie anschließend nicht mehr nach Hause, weil ihre Häuser von der Lava verschüttet oder zerstört wurden.
Bricht allerdings ein Supervulkan aus, so treten ganz andere Probleme auf als nur ein bisschen heiße Asche oder flüssige Lava: Die Wucht eines solchen Ausbruches schleudert Hunderte

oder sogar Tausende Kubikkilometer Lava aus der unterirdischen Magmakammer mit Überschallgeschwindigkeit bis zu 50 Kilometer hoch in die Stratosphäre. Asche und Lava fallen im Umkreis von mehreren Hundert Kilometern als tödlicher Regen vom Himmel. Vulkanischer Staub breitet sich rund um den ganzen Erdball aus, die Aschewolken verdunkeln den Himmel für Jahre, nur wenig Sonnenlicht erreicht den Erdboden. Es wird um viele Grad kälter auf der Erdoberfläche – vulkanischer Winter.

Fluchtmöglichkeiten: Lava fließt langsam, aber ...

... nicht sie allein ist die Gefahr. Wenn es nur ein kleiner Vulkan ist und die Vulkanologen rechtzeitig warnen: Schon mal die Koffer packen! Wer rechtzeitig rennt, überlebt diese Art von Vulkanausbruch.

Wenn allerdings ein Supervulkan explodiert, geschieht dies vermutlich völlig überraschend und mit einer Gewalt, die eine Flucht unmöglich macht.

Wie wären die Folgen für die Menschen?

Im schlimmsten Falle kann die gewaltige Explosion eines Supervulkans viele Tausend Opfer fordern. Später leiden die Menschen überall auf der Erde unter dem Temperatursturz durch den künstlichen Winter, verursacht von den Aschewolken des Vulkans.

Wie wären die Folgen für die Natur?

Kleinere Vulkanausbrüche gefährden nur Flora und Fauna im näheren Umkreis des Vulkans. Alles wird von Lava weggebrannt oder von Vulkanasche verschüttet. Gasausbrüche können Menschen und Tiere ersticken. Wenn der Ausbruch vorüber ist, wendet sich alles wieder zum Besseren: Vulkanerde ist ideal für viele Pflanzenarten. Wenn die Lava erkaltet ist und Wind und Wetter sie zu zersetzen beginnen, keimen viele Samen und ein neuer Lebensraum für Pflanzen und Tiere entsteht.

Ein Supervulkan hingegen hinterlässt eine völlig zerstörte Landschaft. In seinem riesigen Kessel, der sogenannten Caldera, kocht womöglich für lange Zeit Magma, giftige Gase steigen auf, aus erstarrter Lava entwickeln sich großflächige Landschaften ähnlich der auf dem Mond.

FACTS

Ein relativ »kleiner« Supervulkan in der Eifel brach zuletzt vor etwa 10 900 Jahren aus. Dabei entstand der Laacher See, eine heute mit Wasser gefüllte Caldera. Über 16 Kubikkilometer Lava und Vulkanasche – vorstellbar als ein riesiger Würfel mit über 2,5 Kilometern Kantenlänge – bedeckten die Gegend rund um den Vulkan bis zu 7 Meter hoch und flogen bis ins Rheintal, wo sich der Fluss bei Andernach aufstaute. Wie »winzig« dieser Ausbruch war, begreift man, wenn man ihn mit dem bisher größten Ausbruch, nämlich dem des Supervulkans im Bundesstaat Colorado/USA vergleicht. Volle 5000 Kubikkilometer – das entspricht einem Würfel mit 17 Kilometern Kantenlänge – spuckte dieses vulkanische Ungeheuer vor 27 Millionen Jahren in die Atmosphäre und es bildete sich die La-Garita-Caldera. Leider gab es damals noch keine Reporter oder Wissenschaftler, die diese gewaltige Katastrophe dokumentieren konnten.

5 PARANORMALES: RELIGIONEN, MYTHEN UND FANTASIEN

Zwar können wir uns nicht vorstellen, wie es wäre, eine globale Katastrophe tatsächlich zu erleben, doch produziert unsere Fantasie Schreckensszenarien, die weit über die der Wissenschaft bekannten Möglichkeiten hinausgehen. Schon unsere Vorfahren hatten Ahnungen von entsetzlichen Ereignissen, die das Weltende hervorrufen könnten. Bisher ist aber keine dieser Horrorvorstellungen eingetreten.

DIE KATASTROPHE:
DER RELIGIÖSE WELTUNTERGANG

Die ewige Glückseligkeit kommt erst nach dem Weltuntergang. Fast alle Religionen sehen es kommen: Irgendwann ist es vorbei mit der Welt, in der wir leben. Bevor das Gute bis ans Ende aller Zeiten siegt, muss das Böse bestraft werden.

Wer ist in Gefahr?
Alle müssen dran glauben.

Fakten: drei Religionen, eine Meinung zum Thema Weltuntergang
Drei der größten Weltreligionen, Christentum, Judentum und Islam, sind sich einig: Am Ende der Zeit wird gerichtet. Die Guten werden von den Bösen unterschieden und jeder seinem entsprechenden Bestimmungsort, meist eine Art Himmel oder Hölle, zugeführt.

Der Live-Kommentar:
Elrike G. aus (dem ehemaligen) P.: »Da war überall dieses Licht! Genau wie sie's gesagt haben! Richtig geblendet hat das. Aber dann diese ewige Warterei, bis man selbst mal dran war mit dem Richterspruch ... eine Ewigkeit hat das gedauert ... schrecklich.«

Die Bedrohung: apokalyptisch schaurig

Die Vielzahl an grausigen Bedrohungen unterscheidet sich von Religion zu Religion. Hier werden Köpfe abgeschlagen, dort Finger gebrochen und überall wird fröhlich gefoltert. Im Johannesevangelium wird das Ganze etwas präziser beschrieben:

Schlimme Geschwüre wachsen an den Menschen, die das Zeichen des Tieres, also des Teufels, tragen.
Meerwasser wird zu Blut.
Alle Meereslebewesen sterben.
Das Wasser in allen Flüssen und Quellen wird zu Blut.
Die Sonne versengt die Menschen mit großer Hitze.
Das Reich des Tieres wird verfinstert.
Der Strom Euphrat trocknet aus.
Das größte Erdbeben seit Menschengedenken vernichtet alle Inseln und Berge.
Riesige Hagelkörner prasseln auf die Erde nieder.

Grad der Gefährdung: allumfassend

Wennschon – dennschon. Die göttliche Obrigkeit macht keine halben Sachen.

Die Wahrscheinlichkeit: Wer's glaubt ...

Das ist natürlich immer so eine Sache mit den Religionen. Sicher, es steht geschrieben, dass über uns alle ganz furchtbar gerichtet werden wird, aber Papier ist geduldig. Mal so gesehen: Haben wir es nicht auch schwarz auf weiß, dass es eine Zauberschule namens Hogwarts gibt? Etwas flau könnte einem aber vielleicht doch bei dem Gedanken werden, dass sich drei der größten Religionen der Welt, die sich sonst eher mit geteilten Meinungen gegenüberstehen, in dieser einen Sache im Großen und Ganzen einig sind …

Schutz, Gegenmaßnahmen, Fluchtmöglichkeiten: Auf die Knie! Beten!

Wenn es schon richtig zur Sache geht, ist es eigentlich schon längst zu spät, so viel wie du gesündigt hast! Deshalb ist Vorsorge angesagt. Fromm sein, in den Tempel gehen, kein ausschweifendes Leben führen, das übliche religiöse Versicherungsprogramm. Nicht feiern, beten!

Die Folgen für Menschen und Natur: unendliches Leid oder ewiges Paradies

Letztendlich trifft es so ziemlich jedes Lebewesen auf diesem Planeten. Die Frage ist dann nur, ob es für dich persönlich eher unangenehm oder erfreulich endet. Die Religionen Islam, Judentum und Christentum sprechen mit einer Stimme: Die Guten und Frommen dürfen sich auf die eine oder andere Art Paradies freuen. Auf den Rest wartet das genaue Gegenteil. Im Falle der christlichen Religionen gibt es dazu Gerüchte über einen gehörnten Typen mit Pferdefuß, dessen Personal auch mal zur glühenden Mistgabel greift, wenn es um die Sühne für deine Sünden geht …

FACTS

Wie man sich einen religiösen Weltuntergang vorzustellen hat, zeigen die Bilder des Malers Hieronymus Bosch aus dem 15. Jahrhundert. Sie sind voller Dämonen und Fabelwesen.

DIE KATASTROPHE: RAGNARÖK

Ragnarök ist die alte nordische Vorstellung vom Schicksal und Untergang der Götter und damit auch der Menschheit. Die alten Mythen hatten eine Vorliebe für Gewalt – und für übergroße Tiermonster …
Verwunderlich, dass es noch keinen Katastrophenfilm namens »Ragnarök« gibt.

Wer ist in Gefahr?
Wer zum falschen Zeitpunkt am falschen Ort ist – also lieber rechtzeitig die Zeichen deuten und sich aus dem Staub machen.

Der Live-Kommentar:

Herr Vidar aus A.: »Ich hab bei den ganzen Flutwellen und beim Mond- und Sonne-Verschlingen ja noch nichts gesagt, aber jetzt auch noch mein Vater? So langsam hab ich die Nase voll. Verdammt, dieser verfluchte Fenriswolf schluckt jetzt mein Schwert!«

Fakten: Die Götter müssen verrückt sein.

Viele Religionen gehen davon aus, dass die Menschen irgendwie böse und verdorben sein müssen und deshalb von einem höheren Wesen etwas auf die Mütze kriegen sollten. Bei Ragnarök ist das anders. Hier ist es eher so, dass die Menschen irgendwie zur falschen Zeit am falschen Ort sind und dabei eine richtig fiese Götterschlacht live mitbekommen – nur dass sie nicht unbedingt im Publikum sitzen, sondern mittendrin sind, wenn sie Pech haben.

Vorhersehbarkeit: Man wird es schon ahnen können ...

Bevor dann letztendlich die ganze Welt in Flammen aufgeht, passieren einige ziemlich auffällige Dinge: So gibt es drei Jahre Krieg, ein Fimbulwinter vereist die Erde für weitere drei Jahre und schließlich verschlingen wahlweise die beiden Wölfe Skalli und Hati oder der Fenriswolf die Sonne und den Mond. Wenn du also aus dem Fenster schaust und Sonne und Mond fehlen, bist du zu lange geblieben. Für die Zeitgenossen, die schwer von Begriff sind, gibt es als weitere Warnzeichen noch eine Flut, die es der Midgardschlange möglich macht, an Land zu gehen, und den Sturz aller Bäume und Berge. Wer danach immer noch auf seinen Wohnsitz in der Nähe der Götter beharrt und noch immer behauptet, dass die nordische Mythologie bloß ein Ammenmärchen ist, darf das mit Surt, dem Feuerriesen, klären, der ziemlich heiße Argumente hat ...

Die Bedrohung: Götter und Monster vom Feinsten ...

Selbst wenn man einen jahrelangen Winter, vom Himmel fallende Sterne und gigantische Fluten überstanden hat – da sind immer noch die Asen, also mächtige Götter. Und die liegen sich auch noch in den Haaren ...

Möchte man dazwischenstehen, wenn ein mehr als gigantischer Wolf, der bereits göttliche Ketten zerrissen hat, den Göttervater Odin verschlingt? Will man dabei sein, wenn dessen Sohn Vidar das Untier mit einem Schwert durch den Rachen spaltet?
Und für all die, die wirklich hart im Nehmen sind und dann noch immer stehen: Feuerfest seid ihr wohl kaum. Feuerriese Surt regelt den Rest – er verbrennt die ganze Erde während des Weltenbrandes.

Grad der Gefährdung: auslöschend
Die Erde wird im Kampf der Riesen und Götter vollständig zerlegt. Da bleibt nicht viel Raum für Zukunftsplanungen und individuelles Überleben. Bausparverträge sollte man nicht mehr abschließen.

Die Wahrscheinlichkeit: Glaubenssache ...
Ziemlich abenteuerlich klingt das Ganze schon – irgendwie. Immerhin spannender als die Schlagzeile »Planet Erde von Meteorit zerlegt«. Wenn wir schon sterben müssen, dann wenigstens so spektakulär wie durch Ragnarök. Kein Computerspiel bringt das besser.

Schutz, Gegenmaßnahmen, Fluchtmöglichkeiten: keine Chance ...
... es sei denn, man stellt sich gut mit einem der Überlebenden. Immerhin wissen wir schon heute genau, wie die jeweiligen Kämpfe ausgehen werden. Es ist nämlich in der »Edda«, einem alten Buch der nordischen Götter- und Heldensagen, haarklein geschildert, wer wen wann und wo niedermetzelt oder wer wann und wo niedergemetzelt wird.

Die Folgen für Menschen und Natur: feurig
Für die alte Welt fehlt eine echte Perspektive. Totale Vernichtung, das lässt nicht viel Spielraum. Immerhin folgt die Erschaffung einer neuen Welt. Noch Fragen?

FACTS

Die nordische Mythologie ist heutzutage eher eine Sagenwelt als eine wirkliche Religion. Um das 13. Jahrhundert herum glaubten die Menschen jedoch noch an die Geschichten und an die Götter der »Edda« wie heute manch einer ans Christentum.

DIE KATASTROPHE: ZOMBIES

In der Tierwelt kommen willenlose Opfer nicht selten vor: Bestimmte Lebewesen, sogenannte Neuroparasiten, dringen in den Körper eines Wirtes ein, übernehmen die Steuerung des Nervensystems und zwingen das befallene Tier zu Handlungen, die ihnen nützlich sind, für den Wirt aber mit dem Tod enden können. Wäre so etwas auch bei uns Menschen denkbar? Werden wir, von Parasiten befallen, zu willenlosen Monstern, die durch die Straßen taumeln und nach einem fremden Plan handeln? Eine wirklich unheimliche Vorstellung. Es bleibt zu hoffen, dass Zombies sich weiterhin nur durch Horrorfilme schleppen werden.

Der Live-Kommentar:
Georg Timmermann (42): »Aua! Der hat mich gebissen! Gehst du wohl weg du … Nein, nicht mein Bein … aaaaaaah!«

Wer ist in Gefahr?

Wir wissen es nicht genau.

Fakten: Erste Anzeichen auch bei Menschen?

Von einem Fadenwurm befallene Ameisen bekommen einen roten Hinterleib, suchen dann, von ihrem Parasiten gesteuert, einen Strauch mit roten Beeren und lassen sich als Beere von einem Vogel aufpicken. Mit bestimmten Viren verseuchte Raupen verlieren das Sättigungsgefühl und fressen, bis sie tatsächlich platzen und andere Raupen mit ihren Viren infizieren. Sogenannte Saitenwürmer zwingen Heuschrecken dazu, sich zu ertränken – um nur einige Beispiele aus der Tierwelt zu nennen. Allerdings gibt es auch bei den Menschen rätselhaftes Verhalten: In letzter Zeit hören wir immer wieder von unerklärlichen Fällen, in denen Menschen Fremde angreifen und versuchen, sie zu verspeisen, so zum Beispiel ein Mann in Miami. Er ließ so lange nicht von seinem Opfer ab, bis die Polizei ihn niederschoss. Er zeigte selbst auf die Schüsse hin kein Anzeichen von Schmerz. War er ein von Parasiten ferngesteuerter Zombie? Nicht im eigentlichen Sinn ein Untoter, aber vielleicht ein Mensch mit massiver Hirnschädigung?

Die Bedrohung: unklar

Wissenschaftler beginnen gerade erst zu erkunden, was Neuroparasiten in anderen Lebewesen anrichten. Sie vermuten, dass es Manipulationen durch solche Schmarotzer auch bei Menschen geben kann und bereits gibt. Darüber hinaus könnten auch unerkannte Giftstoffe die Hirnent-

wicklung von Menschen schädigen – möglicherweise auch langfristig. Dann würde jede neue Generation den Zombies im Horrorfilm etwas ähnlicher. Theoretisch gesehen könnte auch radioaktive Strahlung für langsamen Hirnverfall verantwortlich sein.

Grad der Gefährdung: menschheitsübergreifend
Sollte die Umwandlung von Menschen durch einen Neuroparasiten, zum Beispiel ein Virus, ausgelöst werden, kommt es ganz darauf an, wie und wie schnell er übertragbar ist. Prinzipiell könnte ein Massenphänomen aber unsere gesamte Zivilisation angreifen. Dass Tiere für derartige Manipulationen durch Schmarotzer anfällig sind, wissen wir ja bereits. Was, wenn unsere Haustiere von einem neuen Erreger manipuliert würden? Die Folgen könnten Höllenhunde, Monsterkatzen, Horrorhühner oder Killerkühe sein …

Die Wahrscheinlichkeit: unabsehbar
Da noch kein Mensch genau weiß, wie anfällig wir Menschen für Neuroparasiten sind, kann auch niemand sagen, ob sie uns tatsächlich gefährlich werden können. Erst mal ist die Zombiegefahr also nur eine unheimliche Vorstellung oder ein Mythos wie die echten Untoten.

Vorhersehbarkeit: Nachrichten gucken!
Im Fernsehen wird vermutlich über die ersten Anzeichen eines Ausbruchs berichtet werden. Allerdings wird niemand sofort sagen: »Achtung, die Zombies kommen!« Viel eher solltet ihr auf Beschreibungen von Krankheiten oder Symptomen achten, die sich verdächtig nach einem fremdgesteuerten Gehirn anhören. Und nein, nicht jeder, der eine unverständliche politische Rede hält, ist unbedingt gleich ein Zombie. Vielleicht aber doch.

Schutz, Gegenmaßnahmen, Fluchtmöglichkeiten: Brechstangen und Motorräder

Sollte die Zombie-Gefahr als eine von bestimmten Erregern verursachte Krankheit auftreten, ist zu hoffen, dass sie behandelbar ist. Wenn alles zu spät ist und die kranken Zombies die Oberhand gewinnen: Rennt! Schnappt euch jedes beliebige Fortbewegungsmittel und fahrt so schnell und so weit fort, wie ihr könnt. Am besten siedelt ihr euch auf einer verlassenen Insel neu an. Solange es noch nicht so weit ist: Wir sollten sorgfältiger mit unserer Gesundheit und unserem Erbgut umgehen. Weniger Giftstoffe in der Umwelt wären ebenfalls gut.

FACTS

Das einzellige Lebewesen mit dem lateinischen Namen Toxoplasma gondii soll im Gehirn von 30 bis 50 Prozent aller Menschen vorkommen und steht im Verdacht, Schizophrenie, Depressionen und andere psychische Krankheiten zu begünstigen. Manche Forscher spekulieren, dass dieser Einzeller im Gehirn Menschen erotisch attraktiver macht, damit sie sich schneller vermehren und den Erreger weitertragen können. Das würde bedeuten: Einzellige Wesen steuern auf erstaunlich geschickte Weise einen ganzen Menschen! Exakte wissenschaftliche Untersuchungen darüber gibt es jedoch noch nicht. In vielen Kulturen glaubt man an echte untote Zombies, zum Beispiel im Voodoo-Kult, der in Haiti, Teilen Südamerikas und in Afrika beheimatet ist. Ohne Zombies wären Filmproduktionen in aller Welt um viele Millionen ärmer.

6 SO OFT IST DIE WELT SCHON UNTERGEGANGEN

Wirklich untergegangen ist die Welt eigentlich noch nie, oder? Das hat aber unterschiedliche Katastrophenwarner und Propheten nicht daran gehindert, den Weltuntergang wieder und wieder vorauszusagen …

Schon ungefähr **250 n. Chr.** war sich der christliche Sektenführer Montanus ziemlich sicher, dass es bald so weit sein müsse. Er predigte Tausenden Menschen, dass das himmlische Reich in Jerusalem Wahrheit werden würde, woraufhin diese auch dorthin pilgerten. Nur um wenig später wieder nach Hause zu reisen.

Ungefähr 250 Jahre später, um **500 n. Chr.,** verkündete der heilige Hippolytus dann, dass die Erde, die seiner Meinung nach 5500 v. Chr. erschaffen worden war und insgesamt 6000 Jahre alt werden würde, nun unterzugehen hätte. Anscheinend war unser Planet aber doch etwas haltbarer, denn sonst hätten um **800 n. Chr.** nicht mehrere christliche Propheten verkünden können, dass das Ende nun gekommen sei. Es kam aber nicht.

Aus der nächsten Verkündung lernt man wohl, dass hohe Persönlichkeiten auch Fehler machen können. Papst Silvester II. war sich nämlich sicher, dass am **31. Dezember 999** um Mitternacht alles zu Ende gehen würde. Seine Behauptung löste sogar eine Massenhysterie mit Plünderungen und wilden Orgien aus. Nachher hieß es dann, die Gebete des Papstes hätten den Untergang verhindert. Es geschah nämlich nichts.

Auch dem geschriebenen Wort scheint man nicht mehr vertrauen zu können, denn das Johannesevangelium enthält eine unerfreuliche Nachricht für das Jahr **1000 n. Chr.**: Es behauptet, der Teufel persönlich würde sich dann von seinen Ketten befreien. Anscheinend waren sie aber doch zu stabil geschmiedet.

Sogar die Sterne am Himmel sind unglaubwürdig, oder die, die sie gedeutet haben, haben sich gewaltig geirrt. Im Jahr **1169**, als alle Planeten in einem einzigen Sternbild standen, verkündeten einige Astronomen, dass das wohl ein recht eindeutiges Zeichen für einen Weltuntergang sein müsse. War es aber nicht.

Trotz vieler unbestätigter Voraussagen glauben die Menschen immer wieder aufs Neue an diesen oder jenen Unheilsverkünder. Vielleicht wäre die Welt im Jahr **1186** aber auch wirklich untergegangen, wie es Johannes von Toledo verkündete, hätten die Menschen nicht wie die Weltmeister gebetet und gefastet, um die angedrohten Erdbeben und Stürme aufzuhalten.

Im **Februar 1420** beschlossen die Anhänger der böhmischen Taboriten-Bewegung, dass nun Christus erscheinen und den Weltuntergang einläuten müsse. Als dies, oh Wunder, nicht geschah, lehrte man, dass Gottes Sohn im Geheimen doch gekommen sei, und begann alle, die etwas anderes behaupteten, niederzumetzeln – eine beliebte Vorgehensweise von religiösen Fanatikern.

Jeder kann sich ja mal irren, oder? Martin Luther allerdings irrte gleich dreimal. Im Jahr **1532 n. Chr.** sah er das Ende kommen. Und dann gleich noch mal: **1538**. Und auch **1541**. Martin, Martin, das war nichts …

Dann war es wieder einmal die Jahreszahl: Die **1666** klang anscheinend für die meisten Zahlenmystiker sehr angsteinflößend. Schließlich addiert sie sich aus den Zahlen für Apokalypse (1000) und für den Teufel (666). Trotzdem ging dieses Jahr vorbei, ohne dass Apokalypse oder Teufel den Leuten unnötig das Leben schwer machten.

Der päpstliche Botschafter und Gesandte Pierre d'Ailly war sich mit der Bestimmung eines genauen Datums offenbar nicht so sicher. Zunächst sagte er das Weltende für **1692** voraus, verlängerte dann aber den Zeitraum für den Untergang bis zum Jahr **1789**. Er musste nicht fürchten, für den ausgefallenen Weltuntergang zur Rechenschaft gezogen zu werden, denn er starb im Jahr 1420.

Der Baptistenprediger William Miller sagte für den **22. Oktober 1844** das Ende von allem und die Wiederkehr des Messias voraus – er hatte Wörter und Zahlen der Bibel gedeutet. Der Messias kam nicht, man war sehr enttäuscht. Nicht so Miller – der gründete die Gemeinschaft der Adventisten und behauptete einfach, er habe den »Beginn der Reinigung durch Christus« gemeint.

Auch die Neuapostolische Kirche ging aus einer fehlerhaften Vorhersage hervor. Reverend Edward Irving erwartete den Weltuntergang im Jahr **1864**. Aus den Anhängern seiner Theorie formte sich dann die Glaubensgemeinschaft. Die Welt blieb, wo sie war.

1874 begann eine seither sehr andächtig fortgeführte Tradition der Zeugen Jehovas. Denn in diesem Jahr sagte ihr Anführer das erste Mal den Untergang der Welt voraus. Viele weitere Prophezeiungen sollten folgen – auch **1914, 1925, 1975** und **2000** waren laut den jeweiligen Oberhäuptern endzeitliche Jahrgänge. Es ist doch schön, wenn man sich immer wieder auf den Weltuntergang freuen kann.

Im Allgemeinen scheinen religiöse Gruppierungen eine Vorliebe für apokalyptische Prophezeiungen zu haben. Auch der Gründer der Mormonen, Joseph Smith, setzte ein falsches Datum für das Ende der Dinge fest. Am 14. Februar 1835 gab er der Menschheit noch 56 Jahre. Anscheinend haben wir uns aber doch als haltbarer erwiesen – auch nach **1891** drehte die Erde sich unbeirrt weiter.

Der Halleysche Komet hätte die Menschheit sicher für verrückt erklärt, hätte er gesehen, welchen Aufruhr sein 27. Besuch der Erde auslöste. Im **Mai 1910** begannen Menschen sich in Kirchen zu sammeln und um Vergebung zu beten, einige begingen sogar Selbstmord. Andere wiederum stürzten sich ins Vergnügen und verprassten ihr Vermögen. Schließlich dachten sie ja, es wäre das letzte Mal. Einige »Weltuntergangsexperten« hatten den fliegenden Brocken Fels und Eis als sicheren Unheilbringer benannt. Der Komet flog unbeeindruckt vorbei.

Was die Pyramiden mit dem Weltuntergang zu tun haben, wissen wir nicht. Aber in David Davidsons Buch »The Great Pyramid, Its Divine Message«, also »Die große Pyramide und ihre göttliche Botschaft«, sagte er den Weltuntergang für das Jahr **1953** voraus. Pustekuchen.

Tatsächlich scheinen die Wahrsagungen trotz ihres Scheiterns nicht weniger zu werden. Ganz im Gegenteil, je weiter wir in der Zeit fortschreiten, desto mehr davon gibt es. In den 1960er-Jahren warteten zum Beispiel die Anhänger der Sekte des Bruder Emman in der Nähe von Europas höchstem Berg, dem Mont Blanc, auf das Ende – der Prophet erhielt auf übersinnliche Weise eine Botschaft von seiner verstorbenen Schwester: Die Menschheit werde als Folge einer Atombombenexplosion noch vor Beginn der Olympischen Spiele **1960** vernichtet.

Auch der Sektenführer Charles Manson wartete **1969** auf endzeitähnliche Ereignisse. Er hatte verschlüsselte Botschaften dazu in dem Song »Helter Skelter« der Beatles entdeckt, die er für die vier apokalyptischen Reiter hielt.

Jim Jones, der Messias der Volkstempler, prophezeite **1978**, das Ende der Welt würde quasi vor der Tür stehen, und deshalb sei es an der Zeit, sich umzubringen. 923 Mitglieder seiner Gruppe nahmen sich daraufhin im Dschungel von Guyana in Jonestown das Leben. Sie erfuhren leider nicht mehr, dass auch ein Messias sich irren kann.

Am **30. Juni 1981** sollte den Anhängern von Prediger Bill Maupin ein ganz besonderes Erlebnis bevorstehen: eine Himmelfahrt. Sie alle sollten wie Heliumballons emporsteigen. Als sie wider Erwarten dann aber ausnahmslos ziemlich fest auf dem Erdboden stehen blieben, verschob der Evangelist den Weltuntergang um 40 Tage. Das dürfte aber auch nicht viel gebracht haben.

Man soll nicht alles glauben, was im Fernsehen gesagt wird! Hätten sich die Zuschauer des christlichen Fernsehkanals »Trinity Broadcasting Network« daran gehalten, hätten sie am **10./11. September 1988** nicht angsterfüllt auf den Weltuntergang gewartet, während der Sender Instruktionsvideos für das Verhalten bei plötzlichen Himmelfahrten zeigte.

Auch Gedrucktes ist nicht immer wahr, wie wir wissen: Der Autor Salem Kirban berechnete nämlich auf Grundlage von Aussagen des Erzbischofs Ussher aus dem 16. Jahrhundert, dass die Welt 6000 Jahre nach ihrer Erschaffung enden müsse. Ihr Untergang würde nach seinen Berechnungen **1996** bevorstehen. Nachdem sich schon der eine oder andere Papst mit seinen Voraussagen für das Ende von allem geirrt hat, ist es keine Überraschung, wenn auch einmal ein Erzbischof danebenliegt.

Die Internationale Hellsehervereinigung hat sich wenigstens ein bisschen ausführlicher Gedanken gemacht, wie genau unsere Welt denn untergehen würde. Im Jahr **1998** sollten ihren Überlegungen nach die Meere kleiner und die Wüsten größer werden und Hungersnöte und schreckliche Unwetter die Menschen dahinraffen.

Jahrtausendwenden scheinen den Menschen wohl schon immer ganz besonders viel Angst gemacht zu haben. So waren sich viele religiöse Vereinigungen und Sekten, aber auch Prominente der Vergangenheit und Gegenwart ziemlich sicher, dass es mit der Menschheit beim Übergang zum Jahr 2000 vorbei sein würde. Menschen mit funktionierendem, klarem Verstand haben schon vor dem **31.12.1999** milde über sie gelächelt und tun es jetzt noch.

Und zu guter Letzt waren da noch all die Menschen, die glaubten, dass 2012 die Welt untergehen würde, und zwar am **21. Dezember 2012**, denn mit diesem Tag endete der Kalender der Maya. Wäre dieses Buch dann erschienen?

Nach Visionen der Seherin Sakina Blue Star hingegen fand **2012** bereits der vierte Weltuntergang statt und mit ihm eine große, allumfassende Reinigung. Dann können wir ja jetzt blitzsauber auf den fünften warten.

Michael Drosnin, der Autor des Buches »Der Bibel Code«, war der festen Überzeugung, aus den Büchern Mose der Bibel Furchtbares gelesen zu haben: Ein großer Komet sollte **2012** die Erde zerstören. Wenn du das hier jetzt liest, muss auch er sich wohl vertan haben.

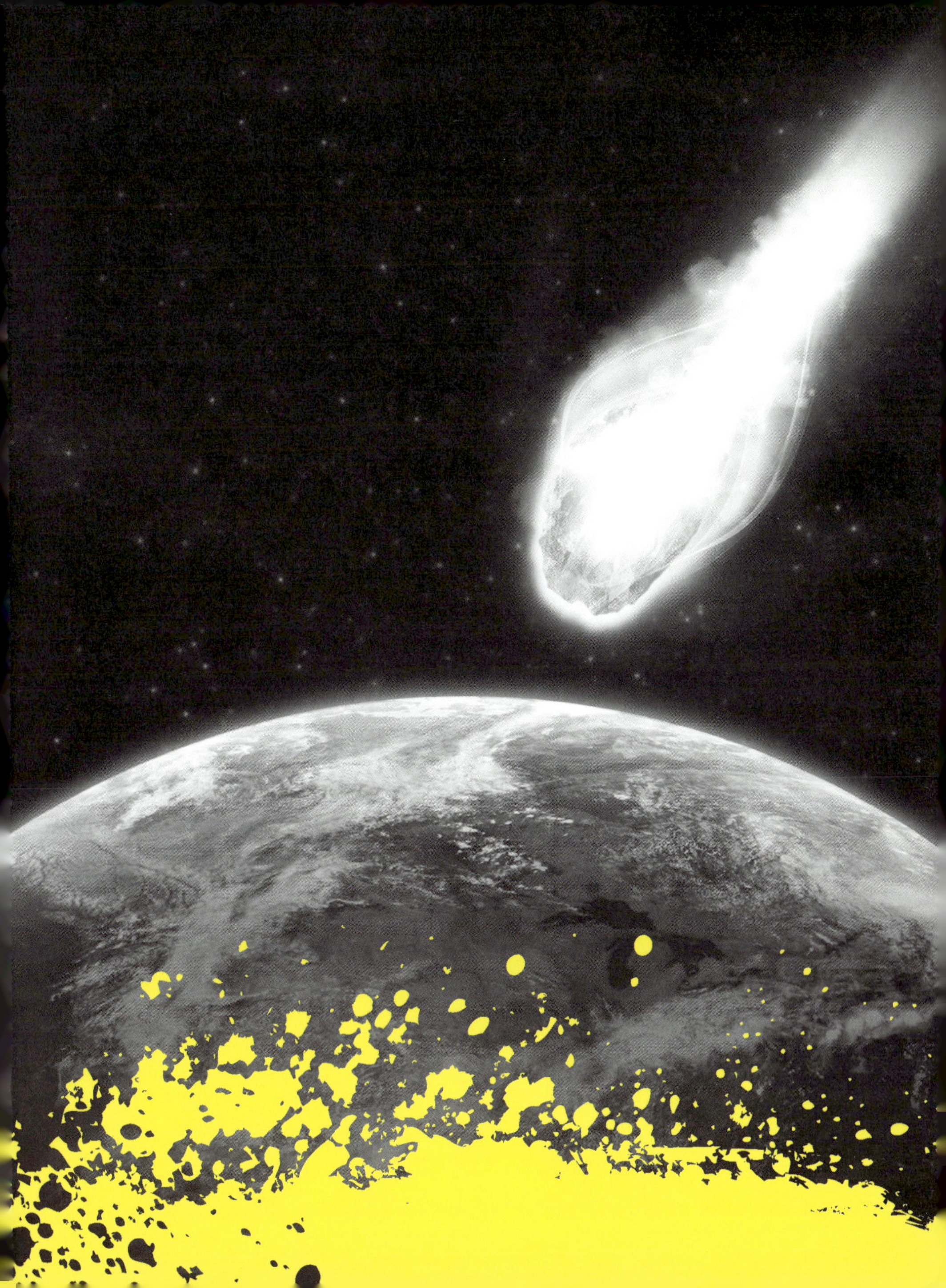

Textlektorat: Petra Bachmann
ISBN 978-3-7607-9874-5

www.arsedition.de

Bildnachweis:
Getty Images/Thinkstock; Fotolia: Andrey Burmakin, ded, dondoc-foto, drizzd, E.baille, Erica Guilane-Nachez, Heiko Barth, Herby (Herbert) Me, Ig0rZh, JamesThew, Jeffrey Collingwood, lassedesignen, M. Johannsen, meryll, Michael Rosskothen, olly, psdesign1, sdecoret, senoldo, tom,Tryfonov, vladgrin

MIX
Papier aus verantwortungsvollen Quellen
FSC® C002795
FSC
www.fsc.org